EL DESPELLEJADO

Manuel García-Cartagena

Título original: *El Despellejado*

© Manuel García-Cartagena / GCManuel, Editor

© Edición revisada: G.C. Manuel, Editor - 2026

ISBN: 978-99934-845-6-1

© Portada: G.C. Manuel, Editor

COLECCIÓN

EL LADO
MÁS FLACO

GC
MANUEL
EDITOR

EL DESPELLEJADO

Manuel García-Cartagena

.ƆC. Manuel, Editor

Llévame a bailar a los fondos de las ciudades enloquecidas, ya que hay en esos lugares tantos sueños como cuando uno duerme, y uno no duerme, o sea, da igual retorcerse aquí o allá y volver a juntarse allá abajo. Si nos cansamos de todo, ¿por qué nos entrelazamos? Por los despellejados vivos, pues nos quedan las magulladuras. Ven, sepúltame, pásame por encima todos los bordes, pero quédate un poco más después de que incluso el fin se haya terminado. Yo no encendí la mecha: es Lautréamont quien me atosiga en los desiertos, allí donde él predica, donde, ante el vacío, se oficia la misa por los despellejados vivos. Apriétame más, ahógame si puedes, tú que sabes dónde, luego de un sutil esquicio, hundieron los tornillos... nos quedan las magulladuras. Oh, no, no es nada grave, están nuestros hematomas retorcidos que nos salvan, y todos nuestros puntos comunes en los dientes, y los retazos de nuestra piel que ruedan por aquí y por allá en todas las esquinas. No dejes de temblar: es así como te reconozco. Incluso si te conviene mucho más temblar un poco menos que yo. Llévame, llévame, debemos poder volvernos escarlata, e incluso si nos precipitamos, deberíamos ver *white light white heat*. Vamos, sepúltame, pásame por encima todos los bordes, un esfuerzo más y estaremos de nuevo en calma y tranquilos, en calma y tranquilos, apriétame más, apriétame más, ahógame si puedes, apriétame más. A nosotros, los despellejados vivos, nos quedan las magulladuras. Los despellejados vivos sentimos los tornillos.

Noir Désir, *Les écorchés vifs*.

UNO

1. El Despellejado.

Eso fue lo que le dije a Matilde: "Mira, lo que soy yo, estoy harto de que me cojan de pendejo. ¿O crees que no me doy cuenta de que me estás manipulando? ¿Crees que no sé cuál es tu juego? Te la pasas amenazándome con que me someterás, creyendo que alguien más aparte de ti dará crédito a tus calumnias, pero dime, ¿estás segura de que resistirías un proceso judicial? ¿Crees que tus acciones aparecerán lo suficientemente transparentes ante la justicia y que no tendrás nada que reprocharte? Puedes seguir jugando a difamarme, pues sé que nada de lo que yo diga o haga te hará entrar en razón, pero piensa en esto: si cada vez que has intentado chantajearme sólo has obtenido de mi parte la misma reacción, es decir, la indiferencia; si te has confundido creyendo que mi pasividad se debe a que te tengo miedo y no has visto ni de lejos que, en realidad, lo único que me inspiras es pena, entonces, querida, es que ni siquiera eres capaz de comprender que no haber hecho antes eso que tantas veces me has amenazado con hacer sólo te convierte en una pobre infeliz mujer que una noche soñó con tener poder y al otro día se despertó llorando. De manera que deja ya de gastar baba y esfuerzos tratando de meterme miedo, ya que, por lo que he visto de ti en todos estos años, el único poder que te reconozco es el de joderte a ti misma y a todo aquel que te quede cerca".

No éramos una visión con el pecho de atleta, ya que, de hecho, éramos prácticamente invisibles, no en función de lo que pudimos haber sido y no fuimos, sino debido a un fatal desencuentro que nos había colocado en el corazón de un grito (mío, claro, ¿de quién más?): *¡Esto no es lo que yo había imaginado!*, sin saber a qué instancia acudir para quejarme, a quién demandar, cómo encajar en una realidad que me irrealizaba con la misma fuerza con que me aferraba a mi escasa concreción: mis ciento setenta libras de peso que, de repente, como por arte de magia, se habían convertido en ochenta kilos; mis, cinco pies y seis pulgadas que, poco a poco, se encogían hasta caber en un metro y varias decenas de centímetros, mi calvicie incipiente y mi piel.

Historia de mi piel

Con sumo cuidado, conté las monedas que me habían quedado en la mano después de pagar aquella cajetilla de cigarrillos que. Como se sabe, el valor del dinero en el tiempo es más relativo que el valor del tiempo en dinero, por más que digan que este es "oro". Por esa razón, no siento ninguna vergüenza al recordar aquella cantidad: veinticinco centavos, ni la impresión que me produjo el haber descubierto aquel paquetito rojo y negro pegado a un trocito de cartón de un amarillo fulminante, el cual tenía escrita aquella premonitoria inscripción: "Gillette". Tampoco olvidaré mi cara en aquel espejito ubicado entre una botella de whisky y otra de vino moscatel, el cual me devolvía, uno tras otro, cada uno de mis gestos cuando le pregunté al dependiente el precio de aquella navajita. "Veinticinco", me respondió y, de inmediato, le extendí las moneditas que él mismo me había colocado en la mano poco antes.

Hora y media más tarde, estaba solo en mi habitación. Un disco —un LP— sonaba en el estereofónico mientras intentaba encontrar la puerta de acceso de una página en blanco que me miraba desde la mesa. ¿Por dónde entra uno en el cielo? Y sobre todo, ¿en qué estado llega uno hasta allí? Imposible pensar en el líquido; hecho polvo tampoco es una opción. Tal vez en estado gaseoso, pues desde la antigüedad se ha concebido el alma como una suerte de hálito o aliento. Un suspiro. Sabía que ideas como esa podían causarle indigestión a siete de cada diez faquires de la India (si es que todavía quedaba alguno), pero a mí, a esa hora, ni siquiera me pasaba por la cabeza, mientras escuchaba la flauta de Ian Anderson luchando por ponerse bien en la parte del *reef* de *Cap in Hand*. "¿De qué carajo voy a escribir?", me repetía insistiendo en aplicarme aquello de *Nulle dies sine linea*, pero todo era inútil. Hasta ese día del que hablo, todavía no me había cansado de ser hombre, como Neruda, y respiraba derecho, escupía cuadrado, y mi voz soltaba de vez en cuando tres o cuatro carajos, prueba de que el aburrimiento no se había apoderado todavía de mi espíritu.

No sé con exactitud cuánto tiempo permanecí encerrado en el cuarto, pues, cuando desperté, estaba desnudo frente a un espejo giratorio cuyo marco metálico estaba pintado de negro. Comenzaba a desprenderme la piel de mi coronilla con sumo cuidado, valiéndome de la navajita que había comprado aquella tarde. Con la mano izquierda, levantaba un pellizco de mi (todavía) cabelludo cuero mientras, con la otra, colocaba el filo de la navajita y me dedicaba a cortar los sutiles filamentos que lo unían al resto de mi ser. Es muy probable que haya tardado varios años en realizar aquella operación, pues, cuando terminé de aplicar con sumo cuidado el último corte que separó definitivamente el incómodo traje de preguntas con el que había venido al mundo noté con espanto que me había convertido en un tipo calvo y pasablemente barrigón que me miraba desde el espejo con una extraña expresión de perplejidad pintada en su rostro.

El caso es que, reducido a mi más desnuda esencia por obra y gracia de aquella navajita, permanecí contemplando mi cuerpo despellejado ante el espejo, mientras sentía, ahora mejor que nunca, la brisa de octubre que ya comenzaba soplar un poco por aquí y otro por allá, como esas extrañas presencias juguetonas que desordenan a veces los papeles colocados sobre el escritorio mientras nos encontramos en la cocina preparando el café. Por primera vez en mucho tiempo, me sentí liberado de una apariencia que, de algún modo, no concordaba con la idea que, tanto en mi mente como en mis sueños, me había hecho de mí mismo con el paso de los años. ¡Era finalmente yo, en carne viva, como dicen! Súbitamente, me sentí lleno de un ánimo increíble. Me imaginaba caminando por un campo sembrado de girasoles: podía sentir las caricias del color verde y del amarillo clavándose en cada una de las fibras de mis músculos expuestos. No tardé mucho en notar que cada nueva idea que me pasaba por la mente me producía una serie de sensaciones físicas que hasta entonces nunca antes había experimentado. Era como si, desprovisto del grosero filtro de mi antigua piel, cada estímulo exterior me produjera, multiplicado, una confusa hiperactividad nerviosa. Podía palpar el lejano zumbido del mar, áspero y frío, a pesar de que mi apartamento se encontraba a más de veinte kilómetros de distancia de la costa más cercana; era incluso capaz de tocar el vibrante olor del café.

En el peor de los casos, había que seguir viviendo. Eso, es decir, la convicción (secreta pero insistente) de que no tardaría en morir definitivamente, me empujó a recoger del suelo la gorra que me había regalado una amiga pintora en algún momento de mi vida (¿posible? ¿futura? ¿pasada?), después de lo cual, me quedé largo rato pensando con aquella gorra en las manos sin saber qué hacer a continuación. Todos los recuerdos confluyen constantemente en cualquier punto de la existencia. Eso que a menudo confundimos con el olvido es como el indiscreto ojo del huracán caribeño: se parece tanto a la calma que a menudo logra confundir a quienes ignoran su verdadera naturaleza. La verdad es que el ciclón siempre ha estado en el mismo punto donde lo creímos desaparecido, de manera que, cuando soplan nuevamente sus vientos imposibles, ya no quedarán más dudas: no ha regresado, ni lo estamos recordando: nunca se fue, y nos está destruyendo desde el origen de los tiempos.

Con la gorra en la cabeza, el resto de mi cuerpo pareció ajustarse a mi despellejada condición. Por los gritos de una señora desaforada que clamaba a Dios llevando en los brazos el cadáver de su hijo, me pude percatar de que la guerra todavía no había terminado. ¿Cuántos años habían pasado desde aquel día 25 de abril de 1965 hasta el momento en que pisé el acelerador de mi Mitsubishi Montero gris para ir al estanco donde solía comprar mis cigarros? Lo ignoro. Pero en el camino, antes de que pudiera evitarlo, resbalé al pisar un pedazo de papel y caí al suelo estrepitosamente. Al ver que intentaba a tientas recoger aquel trozo de papel, un tipo vestido con una chacabana blanca y pantalón negro y que llevaba puesta una boina vasca negra clavó en mí una mirada severa a través de sus gruesas gafas bifocales tintadas de verde y me gritó con el tono arrogante de los poetas:

—¡Esta canción estaba tirada por el suelo!

Sonreí, y poco faltó para que le pidiera excusas. Me sentí igual que aquella noche en que, de regreso a mi casa, le conté a mi mamá que había ido con otros muchachos del barrio a tocar merengues por la calle El Conde. Yo tocaba la tambora con el sombrero negro de mi papá en la cabeza. Miguelo soplaba o más bien tarareaba con los labios pegados al papelito que tapaba los dientes de un peine plástico la melodía del merengue "La chiva blanca de don José"; Lalo tocaba las maracas y cantaba junto a Pupo, quien tocaba la güira. Al terminar nuestro numerito, con el sombrero de mi papá puesto de cabeza, todos fuimos pasando por entre las mesas hasta que llegamos a una donde un hombre rarísimo vestido con una chaqueta gris, camisa roja y con el pelo totalmente desgreñado fumaba mientras sorbía una taza de café sin parar de leer unos papeles depositados sobre la mesa. Parecía tan cortado de la escena que lo rodeaba que ni siquiera nos miró. De haberse dignado en vernos, tanto él como yo habríamos muerto en ese mismo instante, pues aquel tipo no era otro que yo mismo, veinte años después, y todo el mundo sabe que dos recuerdos no pueden ocupar el mismo lugar al mismo tiempo en la imaginación.

El caso es que aquel poeta seguía allí, diciéndome que unos hombres le habían llevado aquella canción que había estado tirada por el suelo, y yo lo escuchaba tranquilamente hasta el momento en que el mareo que me produjo su cháchara por poco me hace perder el equilibrio nuevamente. Perplejo, me quedé mirándolo durante un tiempo larguísimo. Bajo la boina negra, las arrugas de su frente se le marcaban como las rayas de un cuaderno; sus ojos claros, medio disimulados detrás del verde cristal de sus bifocales, ponían a flotar una mirada vaga, y su nariz, como una enorme gota de carne maciza, no paraba de exhalar humo sobre un bigotito carnoso que él usaba a la manera de Jorge Negrete. De pómulos planos y largos, su cara tenía un no sé qué de prócer que lo delataba mejor que los murmullos de una vieja chismosa. "He visto antes a este tipo. Franklin Mieses, creo que le dicen. Con él es mejor no meterse en líos", me dije pisando nuevamente a fondo el acelerador de mi Mitsubishi, y en menos tiempo del que me toma escribir esto llegué a mi destino: la Universidad Autónoma de Santo Domingo, donde la historia de mi vida tenía que dar varias vueltas antes de terminar como las tripas en el fondo de una de esas ollas enormes que se utilizan para preparar el mondongo.

2. Primer encuentro con la Poesía.

DE TODOS LOS INCONFESABLES DESENCUENTROS que me ocurrieron a partir del momento en que puse mis pies en el recinto de la UASD, tal vez no el peor, pero sí el más digno de traer a colación en primer lugar, precisamente por ser el primero que recuerdo, fue mi encuentro con la Poesía.

La Poesía usaba pantalones blancos, era rubia y llevaba puestas unas gafas recetadas con montura gris que acentuaban el inusitado color verde de sus ojos. Cuando reía, parecía tender a desmigajarse como una muñeca fabricada con capas sucesivas de avena Quáker sin ningún tipo de elemento cohesivo. Además, había nacido bajo la estrella de la escucha (escuchada por las estrellas) y con buen talante para saberse perpetuamente por encima del común de los mortales, por el simple (pero no frecuente) hecho de no ser, propiamente, una "mujer caribeña", a pesar de ser muy (tal vez muy mucha) mujer y de haber nacido en Santo Domingo...

La Poesía estaba aquella vez entre un grupo de personas que se habían detenido a conversar a la salida del Paraninfo de la Facultad de Humanidades. Una ninfa en el paraninfo no habría contrastado tanto como ella en aquel momento, en aquel lugar. Algo revoloteaba cerca de su cabeza (no era su camisa la que tenía planetas y soles dibujados): quizás era la cándida aureola de una santidad de celofán o tal vez el presagio de lo que más tarde quedaría confirmado como una nube de moscas y mosquitos que, en aquel verano, habían tomado a la ciudad por asalto...

Una historia siempre se cuenta con un propósito. No hacerlo implica no saber qué es lo que se dispara, si el arco o la flecha. También importa saber quién dispara a quién: ¿es la historia que escribo lo que me cuenta, soy yo quien la cuenta, es el cuento el que me sitúa en esta historia? Con la mente enredada en este tipo de interrogantes (acababa de leer un artículo de Barthes sobre el análisis estructural del relato) me acerqué a la Poesía sin percatarme de que, junto a ella, a su izquierda, estaba aquel individuo con quien había hablado un par de veces antes de aquella ocasión. Un tipo de espejuelos que siempre andaba vestido de traje con corbata, y que vivía en aquella zona de la ciudad a la que, en mi imaginación, continuaba concibiendo como la "zona colonial".

—¡Eh, tú, Loco, ven acá! —me gritó aquel tipejo como si me conociera desde mucho tiempo atrás.

El caso es que me detengo y a la primera que recibo en plano americano es a la Poesía, quien me arropa con una mirada radiográfica que...

—¿Qué te pasa? ¿Ya no saludas a los amigos, Altazor? ¿Dónde perdiste tu primera serenidad?

Estaba claro que me hallaba en los años 80. De otro modo, ni Octavio paz ni Huidobro habrían tenido tanta presencia entre aquellos que, como yo, todavía creíamos que un pelo de la Poesía podía mover más cosas que una yunta de bueyes. Lo que de ninguna manera habría podido determinar es qué rayos buscaba yo en la UASD, quiero decir, qué fuerzas que no fueran esas a las que la mayoría de la gente conoce bajo nombres rimbombantes como "el destino", "el azar histórico", "el cisne negro" me habían llevado hasta aquella Universidad y no a otra parte. Estaba allí, no había duda, pero lo que no estaba muy claro que digamos era si yo era realmente yo... De hecho, la realidad era entonces un rompecabezas absurdo, una insólita quincallería donde unas piezas aparecían y otras no, de manera tal que resultaba imposible armar completo el muñeco original de la existencia. Siempre te faltaban cinco para el peso; siempre echabas de menos cinco pulgadas; alguien siempre se llevaba antes que tú aquello que a ti tanta falta te hacía para sentirte pleno, y a pesar de todo, a aquella construcción imperfecta del cosmos tenías, teníamos, el tupé de llamarla nuestra "juventud". Ninguno de nosotros sabía entonces lo que haríamos luego. Sólo sabíamos, a juzgar por la estatura de nuestros sueños, que tenía que ser grande y peligroso (así decíamos aunque nos costara sangre, sudor y lágrimas, aunque fueran ajenas o aunque ninguno de nosotros se sintiera capaz de soportar, así fuese a título experimental, la menor presión del entorno exterior).

Debió haber sido entonces cuando un olor a mar revuelto atravesó los corredores del club de profesores de la UASD, el cual todavía no se había construido, ya que en el lugar donde algún día estaría se levantaban todavía las paredes del en otro tiempo famoso Castillo del Mar. Aquel olor atravesó la avenida George Washington, surcó el arco formado por las piernas de cinco mujeres caribeñas que bajaban por la avenida Máximo Gómez en el interior de un carrito de concho; enderezó los vasos de cerveza de tres profesores de la Universidad que discutieron acaloradamente algunas citas de Lenin, Plejanov o Afanasiev, luchando intempestivamente contra el inicio de la noche que empezaba a fraguar sus planes inexactos para arrebatarles el último miligramo de dignidad que habían logrado defender con uñas y dientes a lo largo de toda una jornada de lucha contra el cotidiano infortunio, y terminó recalando en mi nariz y en la de todos aquellos a quienes el azar nos había reunido aquella noche en las proximidades de la escalinata del Paraninfo de la Facultad de Humanidades de la UASD, víctimas inconscientes de alguna ignota maquinación.

Aquel olor había venido a confundir a los ingenuos, atrapar a los desprevenidos, adormecer a los turulatos y conquistar a quienes, por pura costumbre, todavía se consideraban blindados ante los embates de la realidad y capaces de resistir las más sutiles formas de la seducción. Cabe señalar que, en aquella época, todavía había demasiadas zonas inconexas en la ciudad de

Santo Domingo. En efecto, la vida demandaba entonces que fuesen poblados ciertos caminos que la imaginación colectiva ni siquiera intuía, aunque algunos poetas sí. Y claro, puestos a elegir entre doña Chivirica y un don Chévere Cualquiera, ganaban de calle los poetas, si bien es cierto que, en aquellos años, todavía había que tener mucho cuidado con estos últimos, pues muchos de ellos mordían, y era un secreto a voces que ninguno estaba vacunado.

3. El secreto del Secretario.

LA COSA SE PODRÍA RESUMIR más o menos de la manera siguiente: miembros de una antigua secta de adoradores de lo oscuro se contaban entre los viajeros llegados a la isla Española a principios del siglo XVI en compañía del comendador y futuro fraile dominico, Nicolás de Ovando y Cáceres.

Dicha secta habría encontrado, en los albores del establecimiento europeo en las islas del Caribe, un lugar propicio para dar continuidad a su ya para entonces larguísima lista de horrendos crímenes. Su osadía les había bastado para atravesar el océano llevando consigo un enorme arcón o baúl de hierro que tenía a cada lado tres canaletas por las cuales se hacían pasar dos pesadas barras metálicas para que así pudieran cargarlo en hombros seis de los más celosos devotos, entre los cuales se destacaba su cabecilla, el bachiller José Nemesio de María Robles y Maturriaga, amanuense y confidente del Comendador. Muy pocos sabían que en aquel arcón habían viajado hasta el Nuevo Mundo, ocultos de la vista de los mortales comunes, una parte de los restos de Sodoma y Gomorra, aquellas dos ciudades que la ira de Dios había devastado hacía por lo menos mil años.

Una considerable porción de aquellas inmundas cenizas ardientes atravesaron el océano, humeantes y malolientes, atizadas por el solícito tridente que uno de los cofrades untaba con la grasa extraída de los cuerpos de tres vírgenes consumidas en la hoguera purificadora, mientras se elevaban a los cielos las preces de cuatro grupos de seis rezadores, quienes se alternaban en turnos de seis horas cada uno para así mantener siempre activa una cadena de oración para rogar al Altísimo día y noche mientras durara aquella travesía.

Ese innombrable grupo de monjes embozados desembarcó a mediados del mes de marzo de 1502 en la ribera oriental del río Ozama, no muy lejos del punto donde este caudaloso brazo de agua desemboca en el mar Caribe, en una de las carabelas que siguieron al Comendador Nicolás de Ovando en su viaje hasta la isla Española.

Este último, inconforme con el espectáculo que ofrecía el mediocre villorrio que sus ojos descubrieron en aquel plutónico paraje infestado de hormigas al que, para colmo de males, un huracán había devastado apenas una semana antes de su llegada, tronó en el tope de la litera en la que sus siervos lo transportaban de un lado a otro. Ese mismo día, la noticia de que los muy malditos miembros de la familia del Almirante habían descubierto y explotaban con pingües beneficios para los suyos una mina de oro ubicada al otro lado del río Ozama lo impulsó a tomar una decisión crucial:

—Ordeno que esta misma semana se inicien los preparativos para mudar esta villa al otro lado del río —dictó a su amanuense y cofrade—. Ahora pon atención —continuó diciendo—. Esto que te diré no debe saberlo nadie más. Apenas crucéis el río, adelantaos junto a otros seis miembros de la secta y adentraos en las zonas que encontréis en la otra orilla. Capturad a tres vírgenes indias no muy viejas y celebrad un ritual en la próxima luna llena. La grasa de sus cuerpos debe alimentar las cenizas de nuestra Alianza antes de que se construya el primer edificio de la nueva ciudad. También deberéis escoger el lugar propicio para enterrar el cofre, para que así quede sellado el inicio de la nueva era de nuestra

Hermandad. ¡Somos los fundadores! No debéis olvidarlo nunca. El tiempo podrá borrar nuestros nombres, mas no así nuestra obra. El lugar que escogeréis será por siempre la sede de todo poder terrenal que prospere en estas tierras. Cualquier intento de instalar otra sede en otro lugar estará condenado al fracaso, y las generaciones venideras no podrán nunca saber aquello que, luego de nuestra muerte, quedará olvidado para siempre. He dicho.

Luego de esta conversación con Ovando, el bachiller José Nemesio Robles quedó sumido en una verdadera selva de interrogantes que lo asaltaron como un cardumen de pirañas o un enjambre de mosquitos. "¿Debo hacer lo que me ha ordenado el Comendador —se preguntaba— o debo obedecer el imperioso mandato de la sensatez que siempre me aconseja a proceder de la mejor manera, es decir, como se me antoje?" Harto extraños eran aquellos pensamientos en un individuo sometido al deber de obediencia tanto por nacimiento como por condición.

En efecto, aunque nacido en el seno de una de las mejores familias castellanas, y perteneciente por ello a la flor y nata de la hidalguía castrense, heredera de numerosos títulos y privilegios de abolengo, el bachiller José Robles era un individuo pusilánime cuyos escasos méritos personales eran atribuibles antes al terror de quedar sumido en la ignominiosa situación en que medraba la mayoría de los numerosos súbditos del rey don Fernando y de doña Isabel I que a las escasas luces que pudiesen armar su menguada persona. Incapaz de quebrantar el peso de los atavismos que convertían aquel mandato del Comendador en una especie de realidad anticipada, Robles ordenó a los seis soldados que lo acompañaban dispersarse por entre los matorrales en grupos de dos con la orden de buscar un lugar donde pudiera llevar a cabo el entierro del Arca de la Alianza.

Dicho lugar debía ser una especie de colina o meseta no muy elevada, una prominencia que dominara los alrededores desde su altura máxima, y además, debía aparecer aislada en medio de una llanura, como si de una deformidad natural del terreno se tratase. Confiado en que él solo podría llevar a cabo la captura de las tres vírgenes destinadas al sacrificio, dio marcha atrás y se dedicó a bordear la orilla occidental del río Ozama, en el entendido de que no debía ser demasiado difícil encontrar algún reducto indígena que hubiese logrado escapar de la repartición de indios que el adelantado Bartolomé Colón y su hermano Cristóbal habían iniciado cuatro años atrás.

"El Comendador tiene planes de organizar esas encomiendas para asegurarse de que se cumpla el mandato de la reina", pensaba José Nemesio mientras se abría paso con el filo de su espada por entre las ramas de los árboles y arbustos que bordeaban la orilla del río. "Ha de ser gran cosa a los ojos de Sus Majestades esto de otorgarles un alma a estos animales, pero yo no comparto semejante despropósito, pues cada español que venga hasta estas tierras querrá ser y tener aquí lo que en España se ve imposibilitado de ser y tener. No hay otra manera de fabricar grandezas en este mundo como no sea empequeñeciendo a alguien, y estos seres ya son de suyo lo suficientemente enanos como para poder, entre todos, sustentar el poderío de España sobre el Nuevo Mundo".

Un olor a madera quemada lo sacó de pronto de sus pensamientos y se dispuso a otear en torno al lugar donde se encontraba para ver si lograba ver el humo que delataría la ubicación de su posible presa. Humedeciéndose el índice izquierdo, trató de determinar el sentido en que soplaba el viento y descubrió pasmado que varias corrientes de aire se agitaban caprichosamente en aquella zona del mundo. "¡Mil diantres!", exclamó mentalmente. "Aquí ni la brisa es capaz de someterse a un patrón de conducta fijo". A pesar de su perplejidad, no tardó en descubrir que un delgado hilo de humo se levantaba a dos tiros de piedra de una zona donde el río parecía dar un brusco giro a la izquierda, algo que le llamó poderosamente la atención pues estaba convencido de que los cursos de agua tienden, por lo general, a asumir una trayectoria más o menos definida a medida que se aproximan a su desembocadura. "Tendré que mandar luego a revisar de qué están hechas las piedras de esta parte del río", se dijo. "Por ahora, veamos qué hay detrás de este recodo".

Precipitando su avance al sentirse muy cerca de lograr su objetivo, tardó menos de cinco minutos en alcanzar la ensenada. Una vez allí, se ocultó detrás de un promontorio de rocas grises para detenerse a observar la escena antes de pasar a la acción. Lo que descubrió, en cambio, estaba lejos de ser de su agrado.

En el centro de un terraplén que le pareció bastante limpio de abrojos y piedras se levantaba una enorme choza cuyo techo semejaba un gigantesco cono de pajas con puertas en cada una de sus numerosas paredes de cañas tejidas. Un nutrido grupo de hombres indígenas semidesnudos y con el cuerpo pintado de rojo y blanco, conversaban tranquilamente, mientras otros descargaban a orillas del río unas cestas cargadas con productos que le parecieron a Robles sumamente extraños. En los alrededores de la gran choza había otras construcciones más pequeñas hechas del mismo material. En una de estas, el Secretario descubrió a varios hombres europeos que andaban prácticamente como sus madres los habían parido, abrazando a varios indígenas y riendo como si estuvieran llenos de vino. "Estos locos sodomitas se han corrompido más allá de cualquier extremo de la desfachatez", se dijo Robles. "Es necesario que informe al Comendador sobre esto". En su prisa por alejarse de allí, se incorporó súbitamente y no se preocupó por averiguar si su gesto había sido notado por los habitantes de aquel poblado.

4. Última vuelta por la UASD.

TODAVÍA DESPELLEJADO Y TAN AJENO COMO SIEMPRE a esa tremenda trampa que es la vida, la cual ya se relamía la baba que le chorreaba de sus fauces abiertas bajo mis pies, me fui dejando colar como una gota de grasa por la infinitesimal ranura que separa a un día de otro. Hacía por lo menos cuatro años que Balaguer había regresado, ciego y octogenario, a su casa de la Máximo Gómez, desde donde continuaba atormentando a toda una sociedad de cómplices anónimos y descarados que habían tenido el mal gusto de obligarme a compartir con ellos la nacionalidad dominicana. El mismo tiroteo inclemente que había sacudido la ciudad intramuros a mediados de la década de 1960 continuaba tableteando en mi cabeza como había continuado en la de muchos de mis compatriotas desde 1865, al final de la guerra de Restauración.

Con la escasa capacidad de hilvanar fenómenos históricos que lo caracteriza, el pueblo dominicano acudía en masa a posar sus nalgas sobre los bancos de cemento del malecón de Santo Domingo. ¿Cuántos portentosos culos de mujeres dominicanas se habrán forjado al calor de aquellas noches pasadas, a principios de los años 80, sobre los bancos del malecón? No se poseen estadísticas sobre este ni sobre prácticamente ningún otro aspecto de la realidad social dominicana. Si esta sociedad pudiese un día tomarse algún tónico reconfortante más poderoso que el Extracto de la Señora Muller o que el Forty Malt, que prometía un brazo de poder en cada cucharada, seguramente decidiría, con la anuencia asegurada del pleno del Congreso en sus dos cámaras, levantarle al Culo Dominicano un monumento más grande que la torre Eiffel, más catártico que el Faro a Colón, más escalofriante que el Arco del Triunfo, más refrescante a la vista que la Fontana de Trevi, más preciso que el Big Ben, más culo que el mismo culo, tantas veces entregado, desgraciado y mal agradecido, a todos y todas cuantos hayan querido tenerlo, cogerlo, usarlo y luego tirarlo como un triste bagazo de caña que se escupe desde la ventanilla de un Cadillac que rueda a toda marcha camino a cualquiera de los resorts de Bávaro o de Higüey.

Pero no. Eso no sucederá. Alguien, hace siglos, nos vacunó contra el virus de la conciencia a todas las generaciones que han prosperado y que prosperarán a partir de entonces sobre estas tierras. Hay algo que se pudre desde el momento en que tocó con sus dedos enfermos el vientre de esta tierra y que no parará de podrirse hasta que la placa norteamericana decida terminar su labor y levante por subducción el continente que yace sumergido bajo las aguas del Caribe, con lo cual, como un abrazo, despertarán de su profundo sueño de siglos la vieja Atlantis y la decrépita Antilia, y volverá a iniciarse aquel insólito merengue que nunca más volverá a acabarse.

De nadie será la culpa, si es que hay culpa. A nadie habrá que juzgar, si acaso hay tribunal, pues hemos hecho de nuestro tiempo como nación lo único que nuestras circunstancias nos han permitido hacer con él: padecerlo.

5. El Gancho.

MUÑECA SIN ROSTRO, DESARMADA catapulta interexistencial y transorgásmica, directamente embrutecida por cientos de abrazos milagrosos que acontecieron en el preciso instante en que el clamor popular la consagraba dueña y señora de sí misma, como la nota enarmónica (enana armónica) que el meñique acicala sobre las cuerdas primera y segunda al final del *From the beguining* de Emerson, Lake & Palmer, la Mujer Caribeña me arrancó de los amados brazos de mi modorra de un solo tajo atortojado y necio. Se me tiró encima como una toalla al final de una pelea que nunca tuve tiempo de librar. Se apoderó de mis sueños y cocinó mis ilusiones en escabeche para dármelas de comer mañana tarde y noche. Mi vieja modorra lloró por mí durante más de un siglo, acurrucada bajo el puente que cruza el río Ozama. Luego, cuando de repente se despertó de su tragedia etílica, descubrió que habían colocado otros dos puentes en paralelo al que la cobijaba y su frustración ante aquella última humillación fue tan grande que decidió poner fin a su vida como en aquel bolero: se fue camino del puente más lejano a tirar su cariño al río. Pero aquel cariño al que le habían crecido durante todo un año un verdadero racimo de golondrinos pesaba ahora tanto que le fue imposible cargarlo para arrojarlo desde el puente, y antes de que pudiera evitarlo, quedó aplastada allí mismo bajo el peso de aquella intención que, de tan asesina, terminó volviéndose suicida. Mi modorra, después de muerta, se convirtió en nube gris, letrero de neón o pancraciasta desempleado. Cada tanto la recuerdo, pero eso ya es otra cosa.

Envenenadora de todo cuanto tocaba, la Mujer Caribeña comenzó a conjugarse en todos los tiempos, como una araña tejedora que sobresale por su necedad más que por todos sus otros defectos. Ella y una máquina de escarbar conciencias formaban una sola y misma cosa. Los domingos, encervezados como dos maniquíes desahuciados, nos entrelazábamos bajo las sábanas tratando de reinventar el mudo grito del orgasmo catatónico, mientras su sombra se dedicaba a metamorfosearse en bailarina de *belly dancing* sin dar tregua al humo mariguanero que la desdibujaba en risas y ritos de bésame mucho y otros abretesésamos.

Con paciencia de entomólogo, me dediqué a acalambrarme en cada uno de sus detalles. Lamí sus axilas; sorbí las gotas de sudor que fluían por debajo de sus espesos senos amasados por decenas de borrachos trashumantes antes de quedar especializados en la sencilla labor de tentarme, tetónica, y lobotomizarme mientras dormía para adecuarme así a sus futuros y siniestros planes.

Aquella Mujer Caribeña se instaló en todas mis partes. Escrutó mis entresijos con lupa de patólogo forense, auscultando mi futuro cadáver como el arúspice que averigua el número ganador del próximo sorteo dominical con sólo probar un bocado del guiso de hígado encebollado que le brindan sus clientes. Rezumando intransigencia, apartó de mi lado por lo menos a tres pares de tetas más poderosas que las suyas que desde hacía un tiempo me andaban planeando de cerca, aterrizando de vez en cuando sobre la entonces única parte calva de mi cuerpo, para mayor gloria de Dios y del más triste de todos sus angelitos.

No lograría percatarme a tiempo de sus verdaderas intenciones. Tampoco en su caso logré aprender una sola de las lecciones que la vida me pintaba en la forma de una ocasión irrepetible. Creía haberle endosado voluntariamente todos los poderes de dirección de mi destino, sin saber que era ella la que había logrado sobornar al titiritero que me hacía bailar para ponerme de su lado en todo cuanto se le antojase, y al decir "todo", estoy más que consciente de que me estoy quedando corto.

DOS

1. Un informe muy extraño.

EL SECRETARIO SE INCORPORÓ y fue abrir de par en par las inmensas ventanas de su oficina en el Palacio. Con la mirada perdida sobre las copas de los árboles, tomó una gran respiración de aquella brisa marina y se imaginó que hacía entrar en sus pulmones un poco de aquel mar azul que vislumbraba a lo lejos, confundiéndose con el cielo en el horizonte. Luego se sentó sobre uno de los mullidos edredones que reposaban sobre las centenarias poltronas de caoba y volvió a posar sus ojos en el legajo que había colocado sobre su escritorio momentos antes, cuyo título en inglés él traducía como "Informe confidencial elaborado por el Sargento Mayor USA William Stappleton sobre los resultados del reconocimiento realizado en la zona 274AB57 del Distrito de Santo Domingo", el cual le había resultado pavorosamente conocido cuando lo descubrió en un polvoriento anaquel en una zona poco frecuentada de la biblioteca del Palacio.

El Sargento Mayor USA Stappleton daba cuenta allí de la labor de reconocimiento realizada por él y otros seis marines en una zona irreconocible del territorio de la capital dominicana durante los días 13, 14 y 15 del mes de diciembre de 1920, por orden directa emanada del mismísimo contralmirante Harry Shepard Knapp en persona. Entre todos los detalles descriptivos de aquel informe, hubo uno que le llamó poderosamente la atención al Secretario.

Informa el sargento Stappleton que, durante el fin de semana anterior al inicio de su misión, habían caído fuertes aguaceros sobre toda la ciudad de Santo Domingo y zonas aledañas, lo cual dificultó sobremanera el avance de su tropilla por la demarcación que le había sido asignada. A duras penas, caminando con las botas completamente cubiertas de fango, lo cual incrementaba su peso sobremanera y dificultaba su paso, lograron alcanzar la cima de un pequeño promontorio que se levantaba justo en el centro de la zona que les había sido encomendada sin encontrar ningún indicio o señal que les resultara sospechoso.

Una vez en la cima del promontorio, el pelotón se dispuso a acampar allí mismo cerca del mediodía, aprovechando la excelente ubicación y morfología de aquel lugar que les permitía disfrutar de una vista panorámica de los alrededores y detectar cualquier movimiento hostil que se aproximara al grupo. Uno de los soldados, el cabo Peter Nielshon, fue encargado de recoger cuatro piedras y algunas ramas más o menos secas que pudieran arder fácilmente y así calentar el agua de los frijoles para el almuerzo. Bajo el sol resplandeciente de aquel mediodía, continúa diciendo el informe del sargento Stappleton, nadie habría dicho que, apenas el día anterior, habría resultado imposible encontrar una simple pulgada de tierra que no estuviese completamente anegada. De esta manera, conseguir ramas secas fue para el cabo Nielshon la parte fácil. Lo de las piedras, sin embargo, fue otra historia. Los efectos de la lluvia reciente continuaban perfectamente perceptibles en el fangoso terreno de aquel promontorio. Toda la tropa se había percatado de que las lluvias torrenciales habían producido grandes erosiones en las laderas de aquel inmenso amasijo de tierra, el cual, por carecer de árboles que contribuyeran con sus raíces a afianzar el suelo, corría el riesgo de desmoronarse, si continuaban cayendo por tiempo indefinido precipitaciones de lluvia como las de los dos días anteriores.

Ante la dificultad de encontrar piedras de tamaño regular que pudiesen emplearse para armar el horno de fortuna donde se prepararía el almuerzo de la tropa, el cabo Nielshon pensó que probablemente hallaría algunas rocas sepultadas en el suelo por haberse hundido a causa de su peso cuando todo aquel sitio no era más que una inmunda hoya de lodo y agua. Con más suerte que astucia, Nielshon había logrado rescatar dos piedras del tamaño adecuado cuando descubrió entre el fango, sobresaliendo escasamente en medio de aquel muladar, un objeto metálico sumamente oxidado cuyo aspecto y dimensiones parecían adecuarse a lo que, en su imaginación, él comparó con algún antiguo cofre enterrado por piratas.

"La simple idea de que podía tratarse de un cofre lleno de tesoros apartó de un manotazo el hambre de todos mis hombres", apuntaba Stappleton. "Yo mismo me uní a ellos en la labor de rescatar de su fosa de lodo aquel arcón sepultado quién sabe desde cuándo en ese lugar". Cuando finalmente lo pudieron sacar, todos los miembros del escuadrón fueron víctimas de un sobrecogedor sentimiento de que se encontraban en presencia de un objeto fuera de lo común, no solamente a causa de los extraños labrados y formas a los que el óxido y la corrupción del tiempo habían desfigurado parcialmente, sino, sobre todo, porque (y eso pueden confirmarlo todos los miembros del pelotón) aquel cofre tenía al tacto una temperatura sumamente elevada, casi más de lo soportable, pero, en cualquier caso, inexplicablemente alta para un objeto que había estado enterrado quién sabe por cuánto tiempo en un lugar que había soportado recientemente el poderoso embate de un prolongado aguacero.

Todos echaron a suertes para elegir a aquel a quien le correspondería abrir el cofre para determinar cuál era su contenido. El inquietante honor le correspondió a un recluta de reciente incorporación a la nueva Guardia Nacional al que todo el mundo llamaba Chapa, un mulato dominicano que ya se había hecho notar por su disciplina y alto sentido de respeto a la jerarquía, quien, al saberse ganador, se sintió lo suficientemente envalentonado como para decir en voz alta, mirando a los ojos al Sargento Mayor Stappleton:

—Bueno, si lo tengo que abrir yo, y si lo que hay ahí es un tesoro, hay que aclarar que la mitad será para mí solo, y el resto para ustedes. ¡Y cuidado si alguno se atreve después a querer arrebatarme lo que es mío, carajo!

La mirada del recluta Chapa brilló tanto al pronunciar estas últimas palabras que ni Stappleton ni ninguno de sus hombres se atrevió a decir una sola palabra. En el momento, urgido por la curiosidad, el sargento aceptó la condición que le ponía el recluta. "Después se vería", escribió en su informe, "qué se haría con aquel soldado ambicioso. En lo inmediato, había que proceder a abrir aquel recipiente, tarea que no fue del todo fácil, dado que la corrupción del metal había terminado soldando las bisagras y varias zonas de la tapa con el resto del cuerpo metálico, y hubo que dedicarse a la tarea de romper aquella sólida capa de herrumbre a golpes de bayoneta. Una vez resuelto este último inconveniente, el soldado Chapa me miró y le ordené: "Proceda", lo cual él interpretó literalmente y, levantando con ambas manos la pesada tapa del arcón, expuso a la luz del sol su contenido, únicamente para caer desmayado y tieso en el acto, después de recibir una densa humareda negra que pareció salir proyectada con fuerza descomunal del interior de aquel baúl.

El recluta Chapa fue trasladado en litera desde la cima de aquel promontorio hasta el dispensario médico del cuartel general. Un primer informe del coronel médico

James Swanson, jefe del dispensario, hizo constar que, por efecto de las emanaciones gaseosas inhaladas, el recluta Chapa estaría obligado a guardar cama por espacio de tres semanas, debido a que había sufrido laceraciones múltiples en los bronquios de ambos pulmones. "Pero ese maldito soldado había sobrevivido cuando niño a unas fiebres diftéricas que lo habían puesto al borde de la muerte, y no cabía duda de que también sobreviviría a esto", escribió el sargento Stappleton en su informe.

A medida que leía, el Secretario se iba sintiendo cada vez más incómodo, como si el nudo de su corbata, que él seguía elaborando con el característico "duque de Kent" al estilo de los soldados, ahora le apretara demasiado, o como si de repente los cordones de sus zapatos americanos estuviesen magullándole el empeine de sus pies. Sabía que esos eran síntomas inequívocos de que su cuerpo nuevamente estaba padeciendo de retención de líquidos. Por eso, casi se muere del susto al leer, escrita por el sargento Stappleton, la misma pregunta que rebotaba en su mente sin encontrar respuesta: "*¿Qué rayos había en el interior de aquel cofre y por qué estaba tan caliente?* Como el soldado Chapa se había desmayado, a todos dejó de importarnos el arcón y nos dedicamos, no sin antes cerrarlo, a intentar reanimarlo. Ordené a cuatro marines que fabricaran una litera con una lona y dos palos para que lo condujeran en ella lo antes posible al dispensario militar más cercano, y dispuse que otros dos marines me ayudaran a enterrar de nuevo el cofre en el mismo lugar donde lo habíamos encontrado. Luego, anoté en mi bitácora el emplazamiento exacto donde habíamos hallado el paquete, y finalmente, nos alejamos de allí dispuestos a terminar de cumplir la misión que se nos había asignado".

El resto del informe del sargento Stappleton carecía de interés para el Secretario. Sus páginas incluían la larga descripción topográfica de un paraje agreste, con datos sobre la forma, extensión, tamaño y aspecto de sus distintas secciones, así como de las prácticas de los habitantes que él pudo observar a una distancia prudente, como el tipo de construcciones, los usos agrícolas, el número de habitantes de algunas casas, etc. Convencido de que nada de lo que le faltaba por leer revestía el mismo interés que le había producido aquel extraño relato sobre un arcón que databa de los siglos coloniales encontrado en diciembre de 1920 por un grupo de marines norteamericanos, el Secretario colocó aquel legajo sobre su escritorio y comenzó a divagar.

2. Una caimana en el Caribe.

COMO SE SABE, EL COCODRILO DOMINICANO es el único animal *honoris causa* de la zoología caribeña. El lago Enriquillo habría podido ser una universidad más reputada que la de Harvard, la Sorbona o la de Salamanca, de haber tenido la suerte de contar con promotores mejor calificados. Cocodrilos caribeños de agua salada salpicando silogismos y entimemas entre una mordida y otra, tragándose entero más de un cable por día, filosofando en lo que hierve el agua de los espaguetis, montándose en la cola de un motoconcho feliz e invertebrado, dueño de una piel traslúcida e ignorada por las huestes capitalinas (capitaleñas, campitaleñas). Cocodrilos que comienzan a soñar con su primera Barranquilla desde que se ven sentados en un avión de *American Airlines,* son capaces de soportarlo todo: cortadas de ojo, boches, estrujones, desconsideraciones, cobros desmesurados, burlas y piropos indecentes, con tal de que les permitan desaparecer del lago propio y saltar el charco para ir a arrastrarse por cualquier calle del *Manhattan Heights,* del Bronx o de Boston. Tú los ves posando en las vitrinas de Amsterdam, mostrando sus enormes protuberancias cúlicas embutidas en unos pantis diminutos; los escuchas sancochando el francés con más ínfulas que una sevillana en celo; los reconoces sin verlos en cualquier autobús de Buenos Aires por su manera de marcarse a gritos en medio de su propia nada; llegas incluso a confundirte e intentas olvidar que son como todos los cocodrilos: maletas ambulantes, valijas que caminan vacías por el cinturón de goma de cualquier aeropuerto del mundo, bultos que no se llenan ni a los golpes, carreteras que nunca se abrirán para darte ni siquiera para el pasaje, zapatos que se negarán a acompañarte a donde vayas, antes mejor, te aplastarán como a un bicho raro o te patearán por donde mejor te encaje la punta o el taco de cualquiera de sus zapatos...

El Despellejado comenzó a comprender por qué la Mujer Caribeña pertenecía a la especie de los reptiles a los dos meses de andar entrando y saliendo de sus vericuetos. Su legendaria lentitud neurocerebral, producto de una insuficiencia congénita para producir más de la mitad de las sinapsis necesarias para liberarse de ser víctima de la mordida cocodrilense lo puso en la ruta y hora exactas en que debía ser devorado por aquella Mujer Caribeña a quien todos conocían por su nombre (de guerra): Cocó. Todos menos él, claro está, blindado como creía estar ante la maledicencia de sus compatriotas. No le hicieron mella ni las mismas advertencias de su madre, ni los comentarios sesgados de sus amigos relativos al hecho de que se había tirado encima a una "caimana".

Cocó se enteró de que el entorno personal del Despellejado se esforzaba por poner en la hora exacta a su reloj mental en todo lo referido a sus andanzas nocturnas, y su reacción pareció calcada de una telenovela mexicana: crisis de llantos; confesiones melodramáticas, defensa apasionada de su (falso) amor propio y bofetadas. Sí, golpes (de mano, de vientre), tortazos (y totazos), verdaderos o imaginarios, pues, al cabo de varios días, el mito de que estaba embarazada fue (o mejor dicho, debió ser) la estrategia seleccionada para ahogar y sofocar en la mente del Despellejado hasta el más recóndito asomo de la menor de todas las dudas que este último podía haber albergado en su mente acerca de su entrega total a él, lanzándolo de lleno en un desenfreno loco a la misma escondida senda por donde se ha jodido la enorme multitud pendejos auténticos que en el mundo han sido.

Preñado por aquel subrepticio invento de preñez, el Despellejado creyó que su hora había llegado, y comenzó a desatar los pocos nudos que todavía lo mantenían atado a la Tierra. Lo que más lamentó, a sus veinticinco años (y lo lamentaría durante el resto de su existencia) fue haber tenido que decirle adiós al más poético par de tetas de todos los que hasta entonces había tenido a su alcance. El arte de meter la pata no es para principiantes. Un amateur se reconoce por la manera en que se aventura primero a rozar el vacío con la punta del pie, como quien prueba el agua de una piscina. El verdadero profesional, sin embargo, es aquel que no para mientes en calcular consecuencias, ni costes, ni implicaciones, y se lanza con todo y ropa o desnudo como su madre lo parió hasta el mismo fondo del atolladero. Y así, a partir del momento en que el Despellejado se tragó aquel primer cuento de Cocó, todas las noches sería ella la que se lo tragaría a él, a la hora y en el estado en que quisiese atragantárselo: cenado, dormido, hambriento, despierto, bebido, fumado, de pie o acostado, en blanco y negro o a todo color.

3. La Poesía se encuentra con la Razón.

A PESAR DE SUS AÑOS, Y A PESAR DE LA DESIDIA que lo arropaba cada tanto, el Poeta se esforzaba desesperadamente por mantenerse a flote en el mar de la indiferencia. Cada brazada que daba era un puñetazo asestado contra el oleaje de su propia inexistencia. Hondas ondas por donde un día anduvieron tantos cadáveres de sueños perdidos, mujeres que nunca lo besaron, amigos que se alejaron, amantes que lo abandonaron, aquellas que lo olvidaron y esposas que lo traicionaron... nadar era lo único que podía hacer para no dejar de ser, para no borrarse. No luchaba por su vida sino por mantenerse activo en aquella batalla. "Si la vida me quiere muerto, tendrá que matarme", se decía. "No le voy a facilitar las cosas dejándome hundir". En el momento en que se quitaba el agua de los ojos para intentar orientarse mejor era cuando menos veía: estaba condenado a nadar sin saber hacia dónde se dirigía. Había aprendido duramente la lección: cuando se trata de sobrevivir, no importa la manera en que se logre, pues cada minuto que se preserve la vida será un trozo de tiempo arrebatado a la muerte. De la misma manera, tampoco importan los lugares donde resulte posible mantenerse con vida: en una oficina sin ventanas, o en un salón de clases. Toda la vida está allí donde es posible seguir viviendo, por muy agreste o por muy difíciles que sean las condiciones. De manera que está claro: el Poeta es un sobreviviente, aunque para sobrevivir tenga a veces que hacerse el muerto. En cambio, la Poesía...

Esa noche, la Poesía sorprendió a la Razón caminando desnuda por el malecón, extrañamente parecida a la figura andrógina que Edvard Munch puso en el centro de *El Grito*.

—¿Y eso tan raro tú por aquí? —preguntó la Poesía sin poder disimular un estremecimiento producto de la sorpresa.

Aunque de ninguna manera lo habría admitido públicamente, la Poesía había ansiado aquel encuentro durante años, porque, a decir verdad, ¿quién que es no ha soñado con encontrar, una noche, una mujer desnuda en un bosque como un animal salvaje y dadivoso, amaestrado para amar como quien sacia su hambre y después olvidar aquello que ha comido? Y poco importa que el malecón de Santo Domingo no sea un bosque, pues todo lo que es se esfuerza constantemente por dejar de ser y convertirse en otra cosa. Eso lo sabe la Poesía y constituye su mayor ventaja respecto a la Razón, quien está convencida de todo lo contrario, o sea... Pero además, la Razón andaba desnuda, y eso bastaba para eliminar de antemano cualquier duda.

—Por aquí, por allá... ¿acaso importa dónde esté si en todas partes donde estoy sólo puedo ser yo misma? —respondió la Razón con voz apesadumbrada.

—Bueno, pero, si ese es tu problema, puedo ayudarte a resolverlo de una manera muy simple.

Y diciendo esto, la Poesía se quitó sus espejuelos y se quedó tan desnuda como una gota de miel.

—Ámame, y verás que sólo de la unión de la Razón y la Poesía pueden nacer los únicos monstruos necesarios. Piérdete en mí y déjame perderme en ti. Funde tu ser en el mío y dame gusto, porque el placer es la única moneda que no se devalúa.

Y la lengua de la razón le lamió el secreto a la Poesía, y el cielo se vino abajo en un trance epiléptico. Y luego comenzó la danza de los pezones mordisqueados, la aleluyante caravana de caricias con dos, tres y cuatro dedos gimientes (¿mientes?), y luego, pierna contra pierna, fueron encaracolándose hasta colocarse en una sístole sí y en una diástole no, quebrándose en el vacío aquellos quejidos apofánticos que tantos místicos han soñado inventar.

No es posible saber cuál de las dos quedó encinta primero. Sólo se puede uno atener a las evidencias: Poezón y Raesía, mellizos homocigóticos pero concebidos en úteros distintos e idénticamente asexuados (tapados, dirían luego los periódicos, pero con estos últimos uno nunca sabe qué creer), como muñecos de plástico, nacieron cada uno a la edad de veinticinco años. Con hambre, según dicen, y desplegando un increíble desparpajo poliglótico que ambos fueron perdiendo al cabo de varias semanas hasta que, cada uno por su parte, logró sintonizar su antena polidireccional y ambos pudieron por fin comunicarse sin problemas en un solo idioma a la vez.

—Yo soy la Hembra Dañada —dijo Poesón dando un profundo suspiro—, la que no necesita padre para nacer. Más poesía que razón, pero igualmente catastrófica, me tiro para arriba con una gracia que me envidian todas las pitonisas, tan sólo para ver cuántos fallan en cogerme y mueren en el intento, porque yo estoy sellada de fábrica. No me penetrará ni el agua ni la culebra, y cuando de mi dependa, yo pariré a la Pomada, la Crema Batida de la Humanidad, fuente y origen de la Nueva Nobleza, para que asuma el poder que por derecho le corresponde, aunque tenga que borrar a todos aquellos que se interpongan entre ella y su propósito.

Casi inmediatamente después de este discurso de Poesón, Raesía comenzó a hablar:

—Yo soy el Hembro Mágico, el número archiperfecto. Soy el cálculo impensado, el propósito de toda historia. Soy un cubo, un verbo de acción, un rastrillo, casi una hoz. No tengo sexo, pero puedo desarmar a todo un ejército, uno a uno o todos a la vez. Soy la economía del golpe: mi naturaleza es la victoria. En la batalla soy la que rodea, como un gas, cualquier bastión. Mi pasión es anular. Nadie puede agredirme sin desaparecer en mí.

Antes de conocerse, Poesón y Raesía ya estaban peleando. Enemigos naturales, la guerra era la verdadera manifestación de su existencia, pues ambos habían nacido de la combinación de lo Idéntico con Lo Mismo, y su batalla era tan inevitable como la muerte.

Aquella batalla, sin embargo, era lo más parecido a la inmovilidad que pueda concebirse. Desde que las dos guerreras terminaron de hablar, ambas parecieron reconocerse y, acto seguido, sin inmutarse, se dedicaron a mirarse fijamente a los ojos.

Eso fue todo.

En otra parte, tal vez en las calles de Santo Domingo, otra guerra silenciosa llevaba siglos perdurando. La batalla entre la Mierda y la Pomada, incierta y brutal, pero imperceptible, suplantaba al caos tan perfectamente que cualquiera habría dicho que todo estaba normal.

Cualquiera menos el Secretario.

El Secretario estornudó tres veces antes de que pudiera encontrar el pañuelo que tenía guardado en el bolsillo interior derecho de su chaqueta de dril azul. El abanico giraba sobre su cabeza, que ya anunciaba la calvicie que vendría a coronarla, pero él sentía que el calor se había sentado todo entero sobre él y lo empollaba, sí, haciendo más ridícula su situación, pues, en un alarde de austeridad, de su mismo despacho había emanado la orden de suspender la climatización central del lujoso edificio que acogía las oficinas de su ministerio. Había vuelto a abrir las ventanas de su oficina y la mezcla invisible de polvo, humo y frustración penetró por su nariz produciéndole una alergia episódica que lo hacía estornudar estrepitosamente.

El último cuarto de hora lo había pasado sumido en oscuras cavilaciones motivadas por la necesidad de reunir argumentos, datos y referencias que pudiera citar para contrarrestar la compulsiva exigencia de unos campesinos que reclamaban justicia ante los desmanes y abusos que venía cometiendo contra ellos la empresa minera Mindmine & Co., una transnacional presente en doce países latinoamericanos que, en el curso de los últimos veinticinco años, había destripado a troche y moche más de la mitad del vientre de la tierra dominicana sin que aparentemente a nadie le importara.

No sabía el Secretario (pero se enteraría aquella misma tarde) que no necesitaría ningún documento secreto, ningún guarismo portentoso elucubrado por su equipo de técnicos, puesto que una serie de tramas que se venían gestando desde hacía dos meses alcanzarían, en cuestión de horas, su punto más álgido, obligando al gobierno a convocar de urgencia una reunión con varios ministros, entre los cuales él figuraba.

Cuatro de las provincias del sur habían estallado en protestas violentas luego de la publicación en la prensa local de un aviso pagado por la empresa Mindmine & Co. En ese aviso, la empresa declaraba haber firmado un contrato de explotación de una veta de oro y plata de varios centenares de kilómetros ubicada en la ladera sur de la sierra de Bahoruco. Como ese yacimiento aurífero atravesaba, debido a su extensión, la frontera dominico-haitiana, el contrato había sido firmado por los gobernantes de ambos países. En el contrato, no obstante, no se hacía referencia en ninguna parte al desalojo de varias comarcas de campesinos ubicadas en una franja de ciento setenta kilómetros de extensión a lo largo de la zona minera. En su publicación, la empresa intimaba a la población a que desocupara esos terrenos en un plazo no mayor de dos meses, y para "animarlos" a realizar lo que se les pedía, instaló una interminable batería de bulldozers, los cuales fueron llegando por distintas vías, incluso por avión y helicópteros.

Tras el estrepitoso escándalo de la quiebra de la mayoría de los hoteles ubicados en las provincias del norte y del este del país, motivado, entre otras razones, por la crisis que, al cabo de cincuenta años, había mermado las economías de los países del bloque europeo y la de los Estados Unidos, los últimos tres gobiernos dominicanos habían iniciado un cambio de modelo económico hacia la explotación de los yacimientos mineros cuya existencia había sido confirmada en la década de 1940, pero cuya explotación se había postergado por la falta de medios tecnológicos adecuados que, en aquella época, dificultaba grandemente la labor de extracción de los minerales. Cobre, bauxita, níquel, oro, plata eran tan sólo algunos de los metales que comenzaron a brotar de las entrañas del suelo dominicano como si algún mago los hubiera puesto allí para escarnio y burla de todos aquellos que, en otras eras, se habían llenado la boca de maldiciones contra una tierra que, según ellos, no era más que una de aquellas "islas inútiles" que poblaban la cartografía del desprecio hacia la zona del Caribe en los mapas antiguos de un imperio facilista.

Una semana después de aquella publicación, varias asociaciones de campesinos de las audiencias de San Juan de la Maguana, Neyba, Pedernales y Barahona emplazaron al presidente a que fijara su posición respecto a lo que consideraban una clara violación de la soberanía del territorio nacional por parte de una empresa extranjera. Aunque al principio se mostraron reacios, los partidos de oposición designaron a los mismos "apagafuegos" de siempre para que acudieran a la zona de conflicto a intentar establecer un diálogo con los líderes de los movimientos campesinos. Uno tras otro, todos fueron rechazados con el mismo epíteto de "cómplices del entreguismo gubernamental", incluyendo al obispo Nicomedes Sottovoce —avezado negociador de causas imposibles—, siete miembros del Senado de la República, representantes de las provincias que serían afectadas por las operaciones que la empresa había anunciado, cuatro ministros de otras tantas iglesias protestantes y los mismos líderes de las organizaciones sindicales nacionales. Todos ellos fueron devueltos prácticamente a la fuerza por los comités de seguridad de las organizaciones campesinas que habían montado una vigilia en los principales puntos de acceso vial de la zona de conflicto. La prensa, que había manejado aquel atolladero con una discreción digna de los más reputados sínodos eclesiásticos, no pudo evitar hacerse eco de aquel desaire y, a raíz de un reportaje aparecido en un medio digital, en el cual se trazaba un recuento pormenorizado de las causas del conflicto, la opinión pública comenzó a manifestarse a favor de los campesinos del sur. Jóvenes de todos los sectores sociales se lanzaron a las calles a gritar consignas nacionalistas y a pedir la renuncia del presidente. Cadenas noticiosas extranjeras dieron cobertura de aquellas manifestaciones y las imágenes de pequeñas hordas juveniles que ocuparon simultáneamente cinco plazas públicas en la capital y cuatro en Santiago de los Caballeros, así como los parques públicos de todas las provincias del sur, desde San Cristóbal hasta Pedernales expusieron claramente a los ojos del mundo entero que aquel no era un conflicto más entre los centenares de episodios que habían sido financiados por los sectores oscuros de las sociedades de aquí y allá en toda América Latina. No. Algo raro estaba pasando. Algo que en la República Dominicana no se veía desde el mes de marzo de 1966. Casi cien años atrás, mal contados.

En efecto, el Secretario no estaba ajeno al cálculo retrospectivo de aquella moratoria infame, cuyo origen remontaba al año en que el cacique Enriquillo se alzó en las escarpadas montañas de Quisqueya a luchar por su libertad y la de los suyos. Cada cierto tiempo, algo brotaba del seno de la tierra de aquella isla que obligaba a la Razón a cederle el paso a la Poesía, y todo lo trastocaba: revuelta de los esclavos Lemba y Calembo; batalla contra los franceses de Saint-Domingue después de casi seis décadas de pasividad; guerra contra los haitianos que por espacio de veintidós años habían gobernado la isla unificada; guerra contra las tropas de la ignominiosa "anexión" a España inventada por la oligarquía ganadera para intentar tapar su propia incompetencia; guerra contra los marines norteamericanos venidos a "ocupar" la parte este de la isla a principios del siglo XX; golpe de Estado contra el presidente Juan Bosch y alzamiento del líder Manuel Aurelio Tavárez Justo en otras escarpadas montañas de Quisqueya; guerra contra otros marines norteamericanos llegados con el pretexto de impedir el triunfo del comunismo en el país… Cada cierto tiempo, no es el pasado el que regresa, sino el mismo mal que nunca muere… "Coño, tamaña vaina", se dijo el Secretario. "Aquí enterraron algo que no cabe en ninguna boca". Acto seguido, cerró su carpeta de anotaciones y se dirigió a la puerta con la mente saturada de múltiples silencios.

4. La entrega.

APUÑALADO A MANSALVA POR UN PRESENTIMIENTO, me dejé acompañar por la Mujer Caribeña durante el tiempo en que tardaron en llenarse de agualluvia los aljibes de mi paciencia. Así, de noche en noche, como un viajero que va abriendo poco a poco sus valijas para mostrar a otros lo que ha traído, le fui contando cada una de las etapas de mi vida, sin percatarme de que ella iba anotando todos y cada uno de los relatos que le hacía, con la minucia de un artesano oriental, en unos granos de arroz que luego guardaba en un pomo de cristal opaco en algún lugar sombrío, a la espera de que germinara algún día la maléfica planta del resentimiento…

Uno se entrega a veces de la misma manera en que un suicida se ata los cordones de sus zapatos después de haberse tomado todo un frasco de somníferos. Uno cierra los ojos y pretende que todo está bien, que nada puede afectarnos, que las cosas podrían estar peor. Esos momentos en que uno acepta el temblor como parte constitutiva de lo normal son los que nos pierden. Hay que estar alerta, pues el verdadero propósito de esta vida no es nuestra felicidad, sino jodernos. Hagas lo que hagas, si no vives constantemente al acecho, tarde o temprano te sacarán la alfombra de un tirón por debajo de tus pies; terminará la función; el payaso se quitará el maquillaje y su verdadero rostro te dará más risa que el de su personaje; acabarás comprendiendo el verdadero sentido de la palabra ilusión: conocerás la verdad y la verdad te hará mierda, o lo que viene a ser lo mismo: te hará libre para que termines de joderte para siempre.

Era la época en que todavía me creía "el arquitecto de mi propio destino". Creía saber lo que debía hacer para alcanzar X, Z o Y; podía asegurar que mis decisiones eran el fruto de una profunda convicción: nadie mejor que yo estaba en capacidad de determinar el rumbo de mis acciones. En mi cabeza mandaba yo, y ejercía un poder absoluto sobre mi subalterna. Esta seguridad, esta autosuficiencia, fue lo primero que perdí en cuanto me metí a vivir junto a la Mujer Caribeña.

Querer contar toda la verdad es algo irrealizable; contar sólo una parte de la verdad siempre resulta mezquino; mi verdad no es algo que le interese a nadie más aparte de mí; tu verdad es tu problema, y no el mío. Nuestra verdad, cuando ya todo ha pasado, no es más que otra mentira. Siendo así las cosas, la historia de mi relación con la Mujer Caribeña no puede ser contada si antes no se acepta que alguien puede haber pasado once años de su vida haciéndose el loco; engañando a alguien, probablemente más a sí mismo que a cualquier otra persona, y que el esfuerzo de contar esta historia sólo podría tener algún sentido si antes se acepta que la voluntad propia puede ser violada, hackeada hasta el punto de terminar queriendo lo mismo que esa otra persona con quien apenas compartimos algunas sospechas...

En alguna parte de este universo inmundo debe haber alguien a quien le interese una historia personal acontecida en el planeta Tierra, en la parte central del hemisferio norte, en alguna zona de las Antillas Mayores, en algún punto del lado este de la isla Española. Es posible, aunque por mi parte, me importa un pepino. ¿Por qué habrían de preocuparme el ostracismo, la segregación, el racismo, la xenofobia y otras preciosidades de la actual civilización occidental, si todavía, en materia de geografía, todos seguimos siendo víctimas del mismo instinto de territorialidad que caracteriza a los primates superiores arborícolas? He descubierto un nuevo tipo de placer casi alucinógeno en el hecho de vivir desentendiéndome de todo aquello que en otras épocas de mi vida constituía para mí el centro de algún interés particular. Luego de varios intentos, he terminado comprendiendo que es este el verdadero sentido de la palabra *renacer:* el resultado o efecto de la acción de *rematarse,* y que por eso, si en algún momento de mi vida estuve allí y ahora estoy aquí, mato el ayer con el ahora, y con el cadáver del allí limpio el suelo de este aquí que, entre todos los lugares posibles, es el único en donde puedo estar sin tener que pedir permiso...

5. Historia de una Boca y de un Despellejado que lucha contra su sombra.

POR UN HUECO DE LA TARDE, el Despellejado comenzó a mirar vidas ajenas que una vez fueron la suya, o parte de la suya. Estaba sentado en el balcón de su casa, pero en su mente se hallaba en el Alcázar de Colón, vestido con un traje marrón, corbata y camisa color café con leche. Como no era muy alto, se subió encima de su no poder ver más y así pudo dominar toda la escena: allí estaba ella, la Poesía, con la cara cambiada, pero igual de única, con su misma magia, enarbolando miradas como pabellones bajo la ventisca, sumamente boca suya con un pelo y otro pelo y otro pelo y otro pelo y qué linda, parece una fotografía de ella misma, al sonreír aquella viene y lo saluda: *¿Quihubo, Poeta?*, y el Despellejado, que no sabe que es a él a quien le hablan desde aquel más allá que no era más que un triste antes, dice o se dice (como si no fuera la misma cosa): *¿Quihubo, niña hermosa?* No faltaba más: sobraban excusas. Sus miradas se enredaron tan bien que todavía duelen. Los días se le acortan hasta caber en un suspiro cuando ella le pide su número de teléfono y la llamada suena de este lado de la tarde, a treinta años de distancia: *Soy yo*, le dice la Poesía, y él no lo puede creer. *Sólo me hacía falta escuchar tu voz para acabar de volverme loco*, le dice. *¿Qué hacías?*, pregunta Ella, y él, casi a coro consigo mismo, le responde: *Esperaba tu llamada desde esta mañana. No he hecho nada más desde que llegué a casa.* (*Carajo,* se dice el Despellejado. *Me equivoqué de programa. Quizá sea mejor hacerme el interesante*). *Mejor dicho,* corrige, *estaba leyendo. Ahora sí te creo,* responde Ella siguiéndole la corriente. *¿Sabes besar? ¿Ves? Por eso es que me gusta que la vida me sorprenda. Nunca imaginé que me harías esa pregunta, que diga, estaba segura de que me preguntarías eso. ¿Cómo así? Claro, porque esta mañana, mientras hablábamos, no dejaste de mirar mi boca ni siquiera un segundo. ¿De verdad? No me di cuenta. Claro que no: te apuesto lo que quieras a que ni siquiera te acuerdas de lo que me dijiste. En eso no te equivocas. "Hola, boca", me dijiste. ¡Ay, rimó! Me gustó eso. ¿Ah, sí? Pues, hola, boca. Desde ahora te llamaré Boca. Si quieres, puedes venir a visitarme: estoy sola. ¿Cómo sola? ¿Y tu mamá? No está, y volverá tarde. ¿Y tu boca? Jajaja, aquí está. Te equivocas: la tengo yo. Voy a llevártela ahora mismo.*

"Discurso del deseo, deseo del discurso", se dijo el Despellejado sacudiendo la cabeza y apartando de su mente aquel recuerdo tan lejano que ya era casi tan falaz como la vida misma. "Humanidad, Humanidad, ¿por qué temes a la imaginación? ¿Qué bicho raro y tremendo te picó mientras dormías, y te chupó los sueños hasta dejarte el alma seca, digo, si acaso esa vieja a la que llaman Alma fijó alguna vez su residencia en algún punto de esos que con tanto recelo guardas bajo tus paños menores? Has perdido tanto de tu continencia original que ya te orinas sobre ti misma, abuelita Humanidad. Estás decrépita y nadas como si nada en tu propia bacinilla llena de esputos. ¿Cómo vas a hacer para sacarte de allí? ¿Cuántos nuevos cataclismos necesitarás para que puedas retomar tus pasos? Te concentras en la tarea de sacarte, una tras otra, todas tus vísceras. Te has acorralado a ti misma en el centro de tu propia trampa. De allí sólo saldrás avergonzada cuando te hayas humillado tanto que te parezca extraño incluso el recuerdo de aquella que una vez fuiste".

A diario hay gente que desaparece en el recuerdo, como esos personajes centelleantes que se borran sobre la escena después de haber realizado su función mejor. Sus voces permanecen atadas a lo nimio mezclándose en el rumor de las horas que pasan, pero ya no son ellas, ni suyos son los gestos que interrumpen a la brisa: apenas guardan con aquellas que fueron un lejano parecido, y ni siquiera ellas mismas se reconocerían si pudieran de alguna manera enterarse de lo que alguna memoria anónima retuvo de su breve aparición.

El Despellejado sabía perfectamente que él mismo se había convertido en uno más de aquellos desaparecidos. Todo había comenzado en uno de aquellos años que de repente se fueron haciendo tan cortos que producían risa, o pena, o ambas cosas a la vez. Años cortos de daños largos, extrañas formas de esa miseria llamada tiempo. Cansado de reinventarse psíquicamente, el Despellejado había terminado perdiendo todo interés por las cosas del mundo. De todos sus esfuerzos, de aquellas décadas de trabajos inútiles, sólo había logrado acumular un cansancio permanente, una desidia crónica y una falta de fe tan espesa como el chicle. En esas circunstancias, optó una noche por economizarse la parte restante de su propia vida y con un par de tijeras imaginarias en el bolsillo echose a andar hasta que llegó al malecón de Santo Domingo. Una vez allí, caminó sobre el farallón del antiguo rompeolas destrozado por el mar y se sentó en uno de los bloques a recibir el salitre y esperar a que la luna llena alcanzara su cenit, único momento en el que el deseo no cabe en el discurso y recupera toda su fuerza de designio irremediable. A la medianoche en punto, tomó sus tijeras y las clavó profundamente en el vientre de su sombra, la cual lanzó un grito terrible antes de pegarle un puñetazo enorme que por poco le saca los espejuelos. Ambos se entregaron entonces en una maraña de golpes, estocadas y maldiciones que sólo podía tener un final previsible, puesto que la sombra del Despellejado sangraba profusamente y lucía tan debilitada bajo el pálido fulgor de la luna llena que parecía a punto de esfumarse. El Despellejado también sangraba, pues las sombras, eso es sabido, poseen un arma secreta capaz de cercenar de un solo tajo un brazo o una pierna de su contrincante. Más de un boxeador quedó fuera de combate al enfrentar, haciendo fintas, a su propia sombra. Cuentan que Li Yueh, legendario maestro del sable chino, retó una vez a su sombra en la cima del monte Huan Po, muy cerca del monasterio donde aquel monje iluminado hizo famosa su doctrina. Li Yueh sabía que a las sombras sólo se las podía vencer con los ojos cerrados, y así, en presencia de sus testigos en aquel duelo terrible, no vaciló en clavarse en ambos ojos dos dardos que llevaba ensartados en el extremo de su faja, y se dispuso a esperar el silencioso ataque de su rival. Ambos combatientes permanecieron frente a frente sin mover ni siquiera un dedo durante tanto tiempo que, viendo que la luz rojiza del nuevo día se anunciaba detrás de una colina, los testigos de Li Yueh se decidieron por fin a dar por terminada la contienda. Para gran sorpresa de todos los allí presentes, cuando el venerable anciano Tung Ma se acercó a Li Yueh para comunicarle la decisión, notó que este sangraba por varias partes de su cuerpo, y comenzó a dar voces para que los demás se acercaran. Fue la fuerza de sus gritos lo que terminó de romper el débil equilibrio en que se hallaba el cuerpo sin vida de Li Yueh, el cual se desmoronó en incontables trocitos como los de un rompecabezas: había sido atacado por su sombra en un momento que pasó desapercibido tanto para sus testigos como para él, que continuaba esperando el ataque de su oponente, aún después de muerto, sosteniendo en sus manos el sable en la postura del tigre que sube por una montaña.

Así de certero, pero mucho menos letal, había sido el ataque de la sombra sobre el cuerpo del Despellejado.

Como si presintieran el desenlace próximo de un combate imposible, las olas comenzaron a golpear el farallón con una fuerza inusitada, lanzando sobre los dos luchadores un millón de gotitas que, como esquirlas de un raro cristal, se clavaron en sus cuerpos respectivos. Al sentir el salitre hirviente del mar Caribe, ambos redoblaron la furia de sus gritos, y sus golpes no tardaron en volverse más y más erráticos, hasta que, dando un salto de tirabuzón, el Despellejado logró atravesar el cuello de su sombra con sus tijeras, y esta terminó de esfumarse, lavada por el mar, la luna y el desencanto.

Desde entonces el Despellejado anda solo por el mundo, sin piel y sin sombra, como el gas del olvido.

6. Aguas residuales.

¿Y QUÉ FUE DE TI, BESS, OH BESS, náufraga del bosque, marinera de la tierra, ave rodante que, de norte a sur, atravesabas diariamente la ciudad en la época en que reír era tu profesión pública, mientras te llenabas los bolsillos con lo que sacabas de las carteras de aquellos selectos clientes que dieron fama y brillo a tu profesión secreta? Nadie ha paseado nunca por las calles dominicanas un trasero comparable con el tuyo, ni se han visto senos tan próximos a la maravilla como los que te adornaban y anunciaban la gala de tu existencia. Perla de la Perla de las Antillas, tu figura era brava, tu cadencia era capaz de reverdecer hasta el caso más perdido de todos los renunciantes. Sólo tú habrías podido sacar al Despellejado de aquel interminable asueto involuntario en que dilapidaba lo más granado de sus últimos tiempos, en los años en que el infausto siglo XX se arqueaba como un puente que buscaba ya su orilla para esconder el río de orín que fluía entre sus piernas.

Entre todas las figuras públicamente deseadas, la de Bess era la más delirante. Su sola presencia solía subir el volumen de todas las salsas viejas. Lo malo era que, después de haberla visto, ninguna otra mujer calificaba como ejemplar del género, y los ojos se nos llenaban de ronchas a todos los que alcanzamos la gloria de verla desnuda. Algo extraño había brotado del vientre de la tierra la noche en que ella nació. Su espíritu tenía el mismo clamor de todos aquellos que habían muerto sin llegar a poseerla.

Bess y el Despellejado habían nacido juntos una noche en la playa de Güibia, rodeados por todo el orín y los detritus que la ciudad más vieja del Nuevo Mundo deposita directamente en el mar. Habían logrado sobrevivirse hasta ese momento, pero fue en aquella ocasión cuando los dos abrieron de par en par la puerta que los condujo hasta el planeta del beso. El Despellejado solía reservar toda una tarde para ir en peregrinación hasta el apartamento de Bess. Una vez allí, como quien desoye todos los consejos habidos y por haber, se dedicaba a besarla abusando de aquel beso que duraba horas muertas. El beso buzo, el beso hueso, el beso tieso. A la hora de nuestra hora, beso; mientras el profesor Columpio recitaba a Warren y Wellek, beso; mientras Balaguer dictaminaba quién viviría y quién no llegaría al final de aquella semana, beso. Un beso de 40 quilates; un beso elefantiásico de 900 kilopondios; un electrobeso... Besar a Bess era el oficio mejor pagado del mundo, un largo beso que duró catorce meses y tres semanas, hasta que, anémico y descolorido, una tarde, leyendo el periódico, el Despellejado encontró una noticia que cambiaría el rumbo meteórico del asteroide en que había venido viviendo hasta entonces:

"La Muerte en Yipe pone a circular un libro",

decía aquel titular que se había adelantado por lo menos veintitrés años a la época en que todo el mundo comenzó a publicar libros en Santo Domingo por cualquier quítame acá estas pajas, amparándose bajo la sombrilla protectora de una Situación Verdaderamente Excepcional (SVE).

Como las lombrices de tierra después del aguacero, los escritores comenzaron entonces a proliferar en un país donde, paradójicamente, nadie lee los libros de sus compatriotas. Levantabas una piedra y encontrabas allí, agazapados, a más de cincuenta futuros Premios Nacionales, como que cada libro traía su premio bajo el brazo en una farándula tan loca como la misma política, y ni siquiera así lograban ser leídos... el caso se ponía todavía más interesante, pues, a medida que leía, iba comprendiendo que aquello no era una noticia, sino un anuncio, y lo que era todavía más curioso, era que el último párrafo decía que la encargada de comercializar el libro de la Muerte en Yipe no era otra que la misma Andrómeda G., un bombón cubierto de almíbar de quien la misma Poesía anduvo en una época locamente enamorada, al punto de hacerse nombrar a la fuerza miembro del Escuadrón de Sociólogas Alucinadas, con el único propósito de coincidir con Andrómeda en parques y calles tomadas a medianoche. Como remate, aquel anuncio ponía nada más y nada menos que el número de teléfono de Andrómeda, y por supuesto, acto seguido, el Despellejado la llamó. Algo sorprendida, Andrómeda le siguió el juego de su supuesto interés por comprar un libro de la Muerte en Yipe, tal vez porque, en el fondo, creía reconocer su voz, aunque no estuviese segura.

Al cabo de unos minutos de simulación, delicado como un batazo en la sien, el Despellejado le dijo su nombre entre risas y ella también se rio. Entusiasmado por este primer *hit*, se propuso continuar corriendo hasta llegar a *home*, y le propuso que se vieran, a lo que ella dijo claramente que, si quería verla, debía ir a su apartamento, porque no podía salir. No se sabe a ciencia cierta cuánto tiempo pasó entre el sí de él y el verlo ella parado ante su puerta, pero no debió ser mucho, porque, después del saludo de rigor, con besito en la mejilla y todo, ella le dijo: "Muchacho, pero tú volaste", lo cual, en aquella época, todavía quería decir más o menos "llegaste rapidísimo", o algo por el estilo.

El Despellejado no había estado nunca antes en casa de Andrómeda G. A decir verdad, apenas había hablado con ella de manera casual, más bien tanteando las ocasiones en que pudiera atraer su mirada, porque, vaya si era linda aquella muchacha de ojos negros y sonrisa de secretaria ejecutiva recién salida del salón de belleza. Por encima de su apariencia de *hippie* y por debajo de sus evidentes esfuerzos de disimular una sensualidad innata, sólo su inteligencia intuitiva y su lucidez lograban impactar más al Despellejado que los contornos de su boca.

Comenzaron a hablar a tontas y locas, como correspondía en un momento en que, si bien estaba junto a ella porque le había dicho que quería verla, no contaba con ningún plan previamente calculado. Así pasaron revista a los libros de poemas y novelas de varios de sus amigos comunes, del qué tú lees ahora al qué estás escribiendo, y de los habituales chismes del entonces reducido clan de náufragos que eran tanto ellos como el resto de sus amigos en aquella época.

Ya estaban hablando de Theodor Rozak y su *The Making of a Counter Culture* cuando el Despellejado logró atrapar el hilo de un recuerdo: la voz de uno de sus amigos sentenciando su fallida relación inicial con la Poesía con un lacónico: "A ti lo que te faltó fue velocidad". Para qué fue eso. Algo como un impulso eléctrico lo obligó a clavarle una mirada de tente ahí que le cortó a ella la palabra, mientras se escuchaba a sí mismo decirle: "Mira, yo no vine aquí a hablar".

Hay que reconocerlo: le quedó bonito el numerito. Lástima que nunca más se le ocurrió volver a ponerlo en práctica. Andrómeda le sonrió pícaramente y lo condujo hasta su cama, la cual se reducía a un simple colchón tirado en el suelo, y desde allí pudo ver a Dios recitándose en colores sin tener que pagar ni el pasaje ni el peaje para recorrer hasta el final la ruta que lleva al cielo.

TRES

1. *Modus operandi.*

LA MUJER CARIBEÑA ES UN CONCEPTO ESTADÍSTICO que desriza sus cabellos o no, seduce a quienes la pretenden contándoles historias tristes, los va drenando de noche como quien seca un aljibe, y con cada gota extraída de sus múltiples amantes simultáneos en ella va cambiándose un jirón de piel: un pie ahora, un seno mañana, un retazo de su nalga izquierda a finales del mes próximo, hasta que toda ella sale rejuvenecida de la fea crisálida que un día habitó. El encuentro fortuito de la Mujer Caribeña con el hombre caribeño es un fenómeno que pertenece al campo de la mitología: los suyos son los hombres que vienen de lejos, y quienes, por esa razón, ignoran sus andanzas, sus idas y venidas por innumerables camas, la red de mentiras con las que urdió su venganza, mal o bien, desentendida de todo como ropa que se seca al viento.

Como se trata de una mujer que se crió sin padre, es lógico que deteste todas las formas y figuras de la paternidad. En su ámbito, la mantis religiosa es candidata a cantar a coro junto a la virgen María un aleluya de esos que sólo se escuchan en el metro. Retoza, sí, pero es tan sólo para afilarse las uñas mientras hace estómago en espera de caza mayor. Extraña suerte la de esa mujer que no perdió nunca ninguna de las batallas que libró: su tentación fue siempre mayor que su victoria. Sin embargo, confundió el límpido fluir de los días propios con el trasplante en calle ajena, en casa ajena, en cama ajena. Recogida, mil veces réquete cogida, la Mujer Caribeña evolucionó de ponzoña a piraña, de alacrán a carcamal, de mina antipersonal a misil teledirigido.

Aquella canción que una vez estuvo tirada por el suelo es ahora propietaria de una fábrica de precariedades de *import-export*. Nada de reduce, recicla, reutiliza, reestructura, redistribuye, repiensa, sus seis r apenas le alcanzaron para hacerse con tres e: *enamora, engaña, envenena*. Colecciona varitas mágicas, a las que usa como removedores en sus vasos de *long-drink*, sin detenerse ni arredrarse ante la ruina del honor ajeno, incapaz de respetar ni siquiera a sus propias hijas, pues no tiene otra noción del derecho que no sea su propia voluntad.

Toda la tarde había luchado contra el deseo de terminar de leer aquella novela, último tomo de *Los caminos de la libertad*, de Jean-Paul Sartre. Esas lecturas salvajes que uno realiza en su juventud, mientras, a su alrededor, una sociedad entera se empecina en demostrarnos nuestra propia estupidez ¿para qué sirven? ¿Por qué, en lugar de leer, el Despellejado no se dedicó a ir al templo a cantar salmos, a vender pantis y rolos en la Duarte con París, o a inventar compañías de motoconchistas? ¿Por qué tuvo que escoger la más inútil de todas las maneras de perder el tiempo, que es la de querer hacerse escritor en la patria mundial del tigueraje, si él no tenía un abuelo que hubiese ganado una batalla, si ningún miembro de su familia había logrado hacer otra cosa en la vida que dejarse tomar el pelo por politiquitos, politicotes y politicastros, y si, en resumidas cuentas, malditas eran las ganas que él tenía de ver su nombre escrito en el periódico, bajo una fotografía en la que apareciera recibiendo un premio literario, vendiendo sacos de arroz o firmando un cheque, un contrato o una sentencia? Los errores de la juventud se pagan en incómodas cuotas durante el resto de la vida, y en aquellos años, el Despellejado cometió a diario montones de montañas de errores, entre los cuales, muchos de los peores fueron, al menos, impulsados por la mejor y más básica de todas las causas.

El más fatídico instrumento tecnológico que podía concebirse en la década de 1980 no era la televisión, sino el teléfono. La llegada de la televisión por cable a la República Dominicana tuvo lugar en una época en que la sociedad entera todavía olía a pupú de caballo y tenía los hombres cubiertos de unos ramos que no eran de teniente ni de coronel, sino de pangola, de cundeamor o de cadillo. En aquellos años, bastaba con poner de cabeza una percha metálica de colgar ropa en el extremo de un alambre conectado a un capacitor que valía $2.50 en cualquier tienda de artículos electrónicos para recibir gratuitamente en la comodidad del santo hogar la bendición nocturna de una señal venida del cielo: decenas de canales en los que nadie pronunciaba una sola palabra en español, para regocijo y solaz de una sociedad que se había forjado en las propias heces del imperio, como Jean Valjean en el mismo fondo de las cunetas de París.

Pero ya para esa época, el teléfono se había convertido en la autopista más expedita de todas las que entonces conducían al delirio esquizofrénico de querer vivir varias vidas de manera simultánea: era el panaudión, la versión oscura de la oreja que aparece en el retablo del Gran Poder de Dios, allí donde se detalla que Él lo ve todo, lo escucha todo y lo sabe todo. ¡Quién tuviera acceso a la memoria telefónica dominicana de los años ochenta! ¡Cuántos informes arqueológicos imposibles de completar de otra manera que auscultando una colección de microrrelatos privados como esa podrían armarse para así llegar a recomponer de manera definitiva el rompecabezas social y político dominicano! ¿Cuándo aparecerá por fin ese invento capaz de restaurar esa energía que una vez recorrió los cables telefónicos que, todavía hoy, cubren de ridículo las calles de ciudades como Santo Domingo, Santiago, La Vega y otros lugares remotos pero respetables? Ese Resucitador de Voces volvería a ponernos en capacidad de escuchar lo que una vez fue dicho y que luego se borró para siempre.

Sentado bajo un enorme árbol de tamarindo que crecía en el patio de la casa de su mamá, el Despellejado se dejaba embelesar por el relato de lo que le aconteció al profesor Matthieu aquella tarde a la salida del local del Partido Comunista Francés cuando, surgida de algún nebuloso recodo del éter, un impulso eléctrico puso a sonar la campanilla de aquel modelo de teléfono clásicamente negro al que su mamá había colocado con mucho tino sobre la parte superior del piano Baldwin de su hermana. Segundos después, la voz de su mamá llamándolo lo convirtió de un solo grito en el destinatario *ad hoc* de aquella llamada:

—¡Loco! ¡Teléfono!

Una simple llamada telefónica puede cambiar el curso de una vida. Una respuesta irreflexiva pronunciada con la mente fija en la inmediatez del momento, sin medir alcances ni consecuencias: un Yo instrumentalizado por otro Yo, contratado verbalmente para buscar "un par de locas" para irse aquella noche a pasar un rato por ahí. "¿Con quién me confundiste? ¿Quién te crees que eres? ¿Qué tipo de maipiolo crees que soy? Vete a buscar una burra de Neyba". Ninguna de esas respuestas le pasó siquiera por la mente al Despellejado. Le faltó velocidad. No vio venir la guagua que lo dejaría tendido sobre el pavimento, hecho una albóndiga de esas que uno aplasta y luego pone vuelta y vuelta sobre la parrilla. Once años después, aquel "Ta bien" que pronunció sin saber dónde carajo iba él a conseguir "dos locas" para esa noche pasaría a convertirse en un excelente motivo para averiguar cómo se bebe y a qué sabe el fondo de una botella de coñac Napoleón I después de haber consumado su primer divorcio. "Bueno, yo casi tengo una", se dijo, sabiendo más que muy bien que todavía él no tenía ni siquiera media loca, pues apenas había salido una noche con la futura Mujer Caribeña, y en esa ocasión ella le había dado una verdadera cátedra de vómitos mientras caminaban por la calle Hostos hacia la Mercedes en busca de un carro de concho a la salida del *Raffle's Pub*. Y eso que si ella había bebido dos cervezas allí había sido casi a regañadientes...

El caso es que allí estaba el Despellejado, con su *t-shirt* limpiecito, diciéndole a la Matilde que si se conseguía una amiga que la acompañara aquella noche podrían salir a pasear al malecón con su amigo. Y ella que no; y él que sí; y ella que no; y él que sí, y ella que no, y al cabo fueron de una opinión, cuando ella se acordó de que tenía una amiga a la que, según ella, "le gustaban las aventuras". *Bueno*, le dijo él. *Habla con ella y llámame desde que tengas una respuesta.* Y ella que *sí*, y él que *chau*.

2. El Palacio y la Minera.

CUANDO EL SECRETARIO ABRIÓ LA PUERTA DEL SALÓN, todos los allí presentes se quedaron perplejos. La reunión había comenzado hacía unos quince minutos. Ya la agenda del día había sido leída por Filomena Barclays, la secretaria puertorriqueña del Despacho de la Presidencia y dos abogados representantes de las agrupaciones campesinas se hallaban de pie frente a una pantalla en la que se mostraba el mapa de la región sur de la República Dominicana.

—Continúe, licenciado Acosta —dijo el presidente con un mohín de desagrado pintado en el rostro.

—Pido disculpas a los presentes por mi tardanza —atinó a decir el Secretario, pero no obtuvo ninguna respuesta.

El licenciado Acosta retomó el hilo de su discurso.

—Decía que en esta zona hay 36 escuelas rurales a las que asisten unos 13,200 niños que, al día de hoy, ya han perdido un total de 45 días de clases a causa del conflicto. También hay un total de 844 fincas agropecuarias cuyas operaciones se han visto afectadas, incluyendo las que pertenecen a 14 empresas extranjeras que poseen contratos de explotación avalados por el Banco Interamericano de Desarrollo. El problema principal, no obstante, lo representan las minas de bauxita y ferroníquel que explota, desde la década de 1970, la corporación que compró los derechos de la Alcoa bajó el gobierno de Balaguer, y que ahora se siente amenazada por las exigencias de la Mindmine & Co. que, como usted sabe, señor presidente, ha llegado al colmo de intentar intimidar a los legítimos propietarios de los terrenos colindantes a las parcelas que se desglosan en la presentación que aquí se muestra. Como puede apreciar, la zona del conflicto cubre una franja de 70 km de ancho que atraviesan cuatro provincias en la República Dominicana y otras dos en Haití, para un total de 170 km de largo. Esa es, principalmente, señor presidente, la razón de este conflicto que se ha extendido por toda la región en los últimos 45 días y que ya corre el riesgo de comprometer la seguridad del Estado, pues la Mindmine ha contratado mercenarios armados con la intención de hacer cumplir sus amenazas, y tenemos informes de que una coalición de agrupaciones campesinas ha creado un ejército de guerrilleros y los está entrenando en varios puntos de la Sierra de Baoruco, con el apoyo de por lo menos dos gobiernos extranjeros que...

—¡Eso es falso, señor presidente! —interrumpió el ministro de las Fuerzas Armadas. Nuestras labores de inteligencia nos han confirmado que existe ese rumor, pero hasta ahora, los únicos gobiernos que se han declarado a favor de un complot de esa naturaleza son el de Lilliput y el de la Granja de Animales. En cuanto a los supuestos grupos de guerrilleros, debo indicar que tampoco es cierto. Ganas no les faltan, es verdad, pero hemos logrado cortarles todas las vías de suministro, y no podrán abastecerse de ningún tipo de armamento que pueda representar una amenaza para la Mindmine. Esta es la situación real hasta este momento: varias pandillas de campesinos facinerosos armados con escopetas de perdigones y algunos revólveres pretenden hacer frente a 12 contingentes de 300 hombres cada uno armados con fusiles AK-47, equipos de visión nocturna, detectores de movimiento y otros juguetitos de tecnología bélica. En mi opinión, señor presidente, tenemos que intervenir si queremos evitar una masacre, y debemos hacerlo ahora, pues lo cierto es que la situación puede salirse de madre en cualquier momento.

—Bueno, bueno —cortó el ministro de Relaciones Exteriores— pero, ¿qué es lo que les pasa a ustedes? ¿Creen que esto es Cuba o los Estados Unidos? Una guerra en este país, en este momento, alejaría como la cruz al diablo a todos los turistas que son los que pagan, no lo olviden, el 35% de nuestra deuda externa, aparte de que, si tal cosa llegara a ocurrir, podemos decirle adiós a la inversión extranjera, al pago de los réditos de los 6 000 millones de dólares que acabamos de colocar en los mercados extranjeros, y al resto de los recursos que hasta ahora logramos capitalizar por concepto de impuestos y aranceles comerciales. Sería la ruina de la República Dominicana.

—Tal vez —intervino entonces el presidente—. Sin embargo, lo que sí es seguro, es que sería un negociazo para mucha gente...

Todos los presentes clavaron sus ojos en los del presidente, quien hasta entonces había escuchado en silencio las argumentaciones que se le habían expuesto. El licenciado Acosta quiso retomar la palabra:

—Pero, señor presidente, eso sería...

—Sí, eso sería la solución de muchos de nuestros problemas más viejos y el comienzo de otros problemas nuevos. Los únicos que no tienen problemas son los mismos de siempre, licenciado Acosta: los muertos.

—Precisamente, Su Excelencia, y muertos por millares es lo primero que tendremos —dijo Acosta subiendo ligeramente el tono de su voz—. Me gustaría saber qué piensa usted acerca de la posibilidad de una guerra en este país.

Prácticamente ninguno de los presentes se percató (o no quiso hacerlo) de que la pregunta del licenciado Acosta era casi una redundancia, ya que, desde el momento en que el mandatario tomó la palabra para decir aquello, todos se venían preguntando lo mismo.

Comprendiendo la situación, el presidente mudó la expresión de su semblante por otra más austera y dijo:

—No tengo la intención de discutir ese tema en este momento. Es necesario encontrarle una solución al problema de la Mindmine. Supongo que ya tendrá usted listo el informe de los operativos tácticos y estratégicos que le pedí, señor ministro de las Fuerzas Armadas.

—Así es, mi comandante.

—En ese caso, debemos proceder en el orden previsto. El ministro de Relaciones Exteriores dirigirá un ultimátum a los gobiernos de los principales inversionistas de la Mindmine advirtiéndoles la inminente intervención de nuestras Fuerzas Armadas en la zona de conflicto, pero ese documento no deberá ser enviado hasta que usted reciba mi orden directa, ¿me entendió? Por el momento, esta reunión se levanta. Pueden retirarse todos menos el Secretario de la Presidencia, el Ministro de las Fuerzas Armadas, el de Relaciones Exteriores y el jefe de la Policía.

El ruido de las sillas que se movían se mezcló con el que producían las diferentes acciones realizadas con la intención de retirarse de aquel salón: recoger papeles dispersos sobre la gran mesa de reuniones, introducirlos en carpetas de piel, y estos últimos dentro de varios portafolios que se cerraban prácticamente al mismo tiempo. Nadie pronunció una palabra y en todos los semblantes parecía predominar una misma expresión de desconcierto. "¿Qué carajo pasará ahora?", pensó el Secretario. Prácticamente en ese mismo momento, una llamada que entró al teléfono celular del ministro de las Fuerzas Armadas daría respuesta a esa pregunta.

—Señor presidente —dijo el ministro—, me acaban de informar que en estos momentos se está produciendo un enfrentamiento armado en San Juan de la Maguana entre las tropas de mercenarios de la Mindmine y un centenar de guerrilleros campesinos. No me han dado detalles, pero considero necesario que pasemos a la acción de manera inmediata, con el fin de impedir que esta situación escape de nuestro control.

El presidente miró al ministro de las Fuerzas Armadas y le dijo:

—Ministro, hace rato que nosotros no controlamos nada ahí. Lo que ahora nos corresponde hacer es hacer que esta situación no llegue a los oídos de la prensa. Comuníquele al director de Telecomunicaciones la orden de que tumbe todos los servicios de telefonía y de Internet del país. El protocolo es este —le extiende un documento que extrae de una carpeta—. Ya está firmado por mí y por el presidente del Senado y el del Tribunal Superior Constitucional.

"No puedo creer que este tipo esté haciendo esto", pensó el Secretario, antes de decir:

—Señores, creo que antes de actuar ustedes necesitan saber algo...

—Ya esto está decidido, Secretario —dijo el presidente con voz firme. Luego, dirigiéndose al ministro de las Fuerzas Armadas, agregó:

—Ponga usted inmediatamente en ejecución las órdenes que le acabo de dar, y no haga caso de...

El Secretario sabía que no podía quedarse de brazos cruzados en aquellas circunstancias. Sabía que algo así como un plazo fatal se estaba por cumplir y que en aquella situación había en juego mucho más que la ambición desmedida de una compañía minera.

—¡Un momento, señor presidente! —gritó el Secretario—. Con el debido respeto, yo sé lo que busca la Mindmine & Co. y le puedo asegurar que también sé perfectamente de qué manera podemos negociar con esa empresa. Escúcheme, pues no estoy ajeno al hecho de que también usted sabe de lo que le hablo. No sea pendejo.

El presidente se quedó perplejo mirando a los ojos del Secretario. Luego, miró alternativamente a los demás altos funcionarios de su gabinete allí presentes y finalmente dio un suspiro profundo y volvió a sentarse en su sillón, antes de decir:

—Tiene cinco minutos, Secretario.

Toda la tensión de la situación estimuló la lucidez del Secretario, quien procedió a relatar, punto por punto, el resultado de su investigación sin ser interrumpido, ya que, aunque la mayoría de los allí presentes tenía información relativa a los movimientos que la Mindmine venía realizando en distintas zonas del país antes del inicio de sus operaciones en las provincias del sur, prácticamente ninguno de ellos, ni siquiera El presidente, había logrado armar todas las piezas de aquel rompecabezas.

—Esta situación no es lo que parece, Señor presidente —dijo el Secretario después de terminar su relato—. No se trata de una clásica lucha territorial entre una empresa extranjera y un sector tradicionalmente oprimido como el de los campesinos del sur, sino que se inscribe en la agenda de una corporación que es a la vez la parte visible de una especie de clan cuya historia comienza en la Europa Central del siglo XIII. Ese clan se halla enquistado en las más altas esferas del poder político y económico del mundo, por lo que no hay manera de luchar contra él. Todos nosotros hemos estado trabajando para esa gente sin darnos cuenta, como actores de una pieza teatral cuyo guion y dirección ha pautado de antemano cada uno de los parlamentos y acciones que se desarrollan sobre la escena política dominicana.

El presidente escuchó pacientemente al Secretario y sonrió al comprender que este último había terminado de hablar. Con voz entrecortada, al principio intentó desautorizarlo, pero no tardó en comprender que las miradas que recibía de parte de los demás funcionarios no eran de respeto, sino de una mezcla de estupor y pena.

—Bueno, Secretario —dijo al cabo de una breve pausa—, me parece que sólo le falta decirnos cómo podemos negociar con la Mindmine.

—Hágales saber que usted tiene noticias de la existencia del arcón que trajo Nicolás de Ovando a la isla.

Todos miraron al Secretario como si acabara de declararse miembro del partido nazi.

—No, no estoy loco —dijo comprendiendo que dudaban de su cordura, y acto seguido les resumió lo que había descubierto en sus investigaciones hasta llegar al informe del sargento Stappleton.

—¿Y para qué rayos quiere la Mindmine ese arcón? Digo, en caso de que sea verdad que lo quiere... —preguntó el ministro de Relaciones Exteriores con algo de sorna.

—Como les dije, esa empresa es tan sólo una de las incontables estructuras que financian el clan en todo el mundo, pero el verdadero interés de esa organización no es el dinero sino el poder absoluto. Este clan del que les hablo no es otra cosa que una iglesia paralela. De hecho, la parte más conocida de esta organización es la que estuvo integrada por miembros del clero en el período comprendido entre la década final del siglo XV y la década inicial del siglo XVI, que es cuando llega a América en las naves de los conquistadores españoles. Nicolás de Ovando fundó en esta isla el capítulo americano de esta organización sin nombre. Desde entonces, todo lo que nos ha ocurrido como sociedad ha sido el reflejo de las decisiones tomadas por ese clan.

—¿Y cómo está usted tan seguro de que la Mindmine está vinculada a ese supuesto clan? —preguntó el presidente.

—Mire, presidente —respondió el Secretario—. En realidad, esa es la parte más fácil de comprender de toda esta historia. Sólo tiene que enviarle un fax ahora mismo a la gerencia de la compañía con el siguiente mensaje: "Tenemos noticias del cargamento de Ovando. Detengan sus operativos y luego contáctenos". No pierde nada con probar.

El presidente miró al ministro de las Fuerzas Armadas y este se levantó inmediatamente de su asiento. Ya estaba procediendo a redactar el fax en una de las computadoras que había en el salón cuando escuchó que el ministro de Relaciones Exteriores preguntaba:

—¿Y dónde carajo está ese arcón o lo que sea que haya traído Ovando?

El Secretario suspiro antes de responder:

—Cada cosa su momento, señor ministro. Por ahora, lo más urgente es detener una masacre.

—¡No lo sabe! ¿Y pretende negociar con algo que no tiene?

—¿Y qué cree usted que está haciendo ahora mismo la Mindmine? Ellos saben, o por lo menos, suponen que nosotros conocemos el lugar donde Trujillo puso el arcón de Ovando. Les he dicho a ustedes que ese arcón estuvo enterrado aquí mismo, en el lugar donde se levanta ahora el Palacio Nacional. Pero es un hecho que no se encuentra aquí. Ahora bien, conociendo a Trujillo, sólo hay un lugar donde este pudo enterrarlo para tenerlo al mismo tiempo a su alcance y lejos de él. Y ese lugar es…

—¡La casa de caoba de San Cristóbal! ¡Claro! —gritaron juntos los ministros de Relaciones Exteriores y de las Fuerzas Armadas.

—¡Carajo! ¿Hasta cuándo lo que hizo ese maldito va a seguir determinando la suerte de este país! —gritó el presidente antes de ordenar:

—¡Ministro, ponga ese fax ahora mismo y comuníquese con su gente para que nos mantenga informados sobre la situación en San Juan de la Maguana. Secretario, haga lo necesario para que se determine la ubicación exacta de ese arcón sin levantar sospechas en la población. El jefe de la policía aquí presente le brindará todo el apoyo necesario. Váyanse ahora mismo. Mientras tanto, yo me quedaré aquí esperando que la Mindmine me contacte.

—No lo creo prudente, señor —dijo el Secretario—. Más bien diría que usted debe evitar a toda costa ser contactado por esa gente. Por lo menos, no por el momento.

—Él tiene razón, señor presidente —dijo el jefe de la Policía—. Lo que importa es que ellos sepan que nosotros estamos informados acerca de lo que a ellos les interesa. Para negociar habrá tiempo. Por ahora, lo que necesitamos es darle apoyo al Secretario. Hay que ubicar ese arcón o lo que sea a como dé lugar.

3. El complot.

EL INFORME DE QUE UN GRUPO ARMADO se había atribuido la responsabilidad del ataque perpetrado contra la sede de la Mindmine & Co. en Santo Domingo fue el aldabonazo que marcó el inicio de una nueva era en la historia dominicana. Aquel grupo había logrado alzarse con no menos de dos toneladas de lingotes de oro y plata que estaban destinados a despacharse al final de aquella misma semana con destino a un lugar desconocido de

Canadá o de los Estados Unidos. El equipo de gobierno había resultado tan corto en sus previsiones como lo había sido en sus intentos por controlar la presión pública que lo había conminado a realizar un contrato minero tan desventajoso para el país que superaba las exacciones cometidas en la época inexactamente conocida como "período colonial" de la historia dominicana.

Lo más insólito de aquel ataque fue que este parecía haberse ejecutado con la complicidad directa de la guarnición armada que custodiaba tanto el edificio de oficinas como el depósito de la Mindmine, a pesar de que sus integrantes eran rotados cada quince días, según las instrucciones y el protocolo escrito emanado del despacho del mismo Ministro de las Fuerzas Armadas. Un total de 75 soldados rigurosamente seleccionados había desertado y se había pasado a las filas de aquella guerrilla sin que ningún indicio hubiera alertado a los servicios de inteligencia militar haciéndolos prever la posibilidad de que se hubiera puesto en práctica una operación sediciosa en contra de los intereses de la compañía minera.

Para colmo, toda la operación del ataque había sido filmada y la grabación apareció la misma tarde en cinco cadenas noticiosas y en incontables servicios informativos, todos extranjeros. En aquel video se podía ver el momento en que varios camiones idénticos a los que utiliza el ejército dominicano penetraban en las instalaciones de la Mindmine luego de ser inspeccionados por los guardias del puesto de control, a quienes, acto seguido, se les ve abandonar sus garitos de vigilancia, dejando abierto el acceso electrónico para ir a subirse en la parte trasera de uno de los camiones. Nada de movimientos fuera de lugar; ni un solo gesto capaz de poner en evidencia alguna reacción de rechazo o de enfrentamiento de parte del equipo de vigilancia con el resto del personal; ninguna llamada; ningún disparo ni otro tipo de advertencia…

La hipótesis del complot contra el gobierno fue la primera que barajaron los analistas convocados por el ministro de las Fuerzas Armadas a una reunión urgente con el Alto Mando desde que se supo (¡por la prensa!) la noticia del ataque a la sede de la Mindmine.

—Eso es más que un simple atraco, jefe —dijo el coronel Joaquín Navarro, Director de Inteligencia Militar—. En mi opinión, lo que se muestra en este video no es un atraco: es una patraña inventada por la misma Mindmine para colocar al gobierno en una postura difícilmente sostenible: dense cuenta de que todo parece una operación normal de cargamento y transporte de materiales. Los camiones son auténticos; los soldados son auténticos; las armas son auténticas. Lo único falso, hasta donde nosotros podamos saber, es la misma operación. Eso... si le creemos a la Mindmine...

—¿Insinúa usted que puede tratarse de un autorrobo? —preguntó el Ministro de las Fuerzas Armadas.

—Antes de pasar a analizar esa posibilidad —replicó el coronel Navarro—, quisiera decirle que el informe de inteligencia señala que ninguno de los videos enviados a los canales de televisión fue remitido desde la República Dominicana, sino que fueron entregados...

—No siga —lo interrumpió el Ministro—. Los entregaron mensajeros comerciales en discos físicos. Es lo que yo habría hecho.

—Así es —dijo el coronel—. Pero lo raro es que los discos llegaron a sus destinos respectivos menos de una hora después del atentado.

—OK, eso sólo es posible si antes se ha enviado el material filmado por Internet. Es eso o...

—O que todo esto no es más que un montaje, lo cual nos devuelve a la hipótesis del complot.

—¿Ya el equipo de semiólogos analizó el video? —preguntó el Ministro.

—Están en eso. Tomará algo de tiempo, pues tienen que analizar cuadro por cuadro. Pero tampoco cabe esperar mucho de ese análisis, puesto que, como le dije, a primera vista, o lo que se ve en ese video es la mejor falsificación de la realidad que jamás se haya hecho, o todo el mundo en este país, incluyéndonos a nosotros, nos estamos volviendo locos.

4. Todos los comienzos son duros.

EN LO QUE HERVÍA EL CAFÉ que su mamá había colocado en la estufa, el Despellejado mordía la cutícula de su índice izquierdo, mientras hojeaba el texto que acababa de traducir del francés para uno de sus antiguos profesores de la UASD. Al mismo tiempo, seguía con el pie izquierdo el ritmo del bajo del *Frankenstein* de Edgar Winter que había puesto a sonar en su tocadiscos, y con la mano derecha acariciaba la cabeza de su perro Sultán. ¿Cómo y por qué había terminado el Despellejado haciendo traducciones libres del francés para aquel profesor? El papel está muy caro: no vale la pena ponerse a contar aquí esas cosas. Si la curiosidad le pica, en la esquina de las calles Dr. Correa y Cidrón y Abraham Lincoln, todas las tardes se para a vender café una señora que dice conocer a un tipo que tiene una amiga que vive cerca del guachimán que una vez tuvo un problema con la señora que lavaba en casa del chofer que llevaba a las hijas de doña Sociedad Dominicana todos los sábados a jugar tenis o a nadar en la piscina de alguno de esos clubes que antes eran para ricos y ahora… en fin, puede ir a preguntarle a esa señora cuándo regresará de Miami doña Sociedad Dominicana, para que así pueda preguntarle lo que le interese saber. Entienda bien: dije que podrá preguntarle lo que quiera. Que ella le responda es otra canción que yo no me sé.

El caso es que el Despellejado releía, o casi, el texto que había puesto en español, y que hacía calor, mientras el tercer Marlboro del aburrimiento esparcía sus pavesas en la parte de su habitación donde había instalado su biblioteca en la casa que compartía con sus padres. "¿Qué sucederá conmigo?", se preguntaba, y sentía que un calambre ponía a vibrar la parte frontal de su cabeza. Esta última frase podría ser el *incipit* de la entonces todavía imposible historia de su futura calvicie, aunque harían falta dos vidas y media para escribir el primer tomo de la misma. El Despellejado suelta el legajo que sostenía con su mano izquierda sobre el escritorio, cuya superficie de formica marrón estaba repleta de papeles, libros y ceniceros llenos de colillas. Se incorpora y Sultán lo imita. Ambos se acercan al tocadiscos y él levanta el brazo cuya aguja ponía a sonar aquel disco de acetato negro. Sólo entonces pudo identificar la voz que lo llamaba desde el otro lado de la puerta cancel que daba a la acera: era la Mujer Caribeña, quien había ido a visitarlo de manera imprevista, llevando un cigarrillo apretado en la comisura izquierda de su boca.

—¡Dime! —le grita él desde la ventanilla de aluminio pintada de blanco de su biblioteca que daba hacia la calle.

—¡Soy yo! ¿Qué tú haces? —gritó ella.

—¡Pasa, ven! —volvió a gritar él.

Y acto seguido, acudió a la puerta principal a recibir a su futura ex esposa.

—¿Qué hacías? —le preguntó ella, risueña, después del beso—. ¿Viste que nublado está?

—Nada importante —dijo él respondiendo al azar una de las dos preguntas que ella le había formulado—. Espero el café. Llegaste a tiempo. Ya casi está por subir.

En la cotidiana metafísica dominicana hay verbos esenciales y verbos existenciales, siendo el verbo *subir* uno de los mejores ejemplos del existencialismo verbal en una frase como "el café subió", la cual esconde más de lo que revela el proceso mental de tipo metafórico que la sustenta, ya que no es del todo equivalente al neutro "el café está listo", ni al arcaico "el café se coló". Una erótica verbal militantemente criolla queda expuesta en ese "subir" del café, bebida orgásmica por excelencia entre todas las demás.

—Vámonos a mi casa y allí te colaré yo tu café —propuso ella a quemarropa.

El Despellejado intuyó que, más que una invitación, aquella era una amenaza. Sin embargo, según su costumbre, respondió que sí sin detenerse a considerar riesgos ni calcular consecuencias, sobre todo tomando en cuenta que, para llegar a la casa de la futura Mujer Caribeña, apenas tenía que cruzar a la otra acera de la misma calle 26 del Ensanche Luperón. Todo cuanto sucedió después fue tan fortuito como el encuentro de dos balas perdidas en el campo de batalla: la bala A choca contra la bala B que se empotra en ella con la misma fuerza y en el mismo sentido de su trayectoria, siendo la acción resultante tan nula como la caída libre de los cuerpos en el vacío, víctimas del *horror vacui*. Una sola masa amorfa hecha a partir del plomo A engastado en el plomo B, o viceversa. Una misma mierda aplastada; un doble desperdicio de (marque la mención inútil) ☐ tiempo; ☐ esfuerzo; ☐ saliva; ☐ sudor; ☐ caricias; ☐ hormonas; ☐ pasión; ☐ ninguna de las anteriores.

Colosal, ella le destapó ante sus propios ojos un paquete de medio uso (o de uso y medio) y le dejó percibir su aroma tropical, mezcla de arábica y granos de maíz tostados y molidos, según las malas lenguas, aunque por su aspecto casi se podía anunciar un sabor inigualable, a la altura de los más selectos paladares. Con el paquete en su mano, ella simuló que lo asomaba primero a su nariz y de allí a su boca, según el clásico ritual tan familiar a todos los publicistas de la década de 1970. Él se descocaba por degustar aquello que ella no tardaría en servírselo en bandeja: casi ansiaba ya poder meter la cuchara en aquel práctico recipiente de azúcar parda que ella había puesto a bailar al ritmo del *Pata, pata,* de Miriam Makeba. Vio el cielo abierto cuando ambos esparcieron allí mismo el polvo marrón, minuciosamente tironeado y vuelto a tostar, polvo pa ti, polvo pa mí, mamita mía, y con la estufa encendida, en cuatro, o mejor en ocho, sobre la repisa de marmolite blanco de la cocina, o de pie contra la pared, cuidando de no chocar la cabeza contra las tazas que colgaban como frutas de porcelana de aquel soporte de madera que tenía un color tan claro que parecía de plástico, mientras por cada uno de sus poros iba colándose primero una tarde, después un mes, y finalmente un año de café tinto y expreso, una incomparable infusión de promesas y recompensas, tientos y quebrantos, risas y algarabía, porque al cuerpo le gustaba, y porque había que darle gusto al cuerpo.

Eso que se conoce con el nombre de Realidad está hecho más de cosas en las que uno cree que de datos y hechos confirmados. Basta con que se rompa como una pompa de jabón esa ilusión cotidiana, esa forma de sueño que siempre se las arregla para continuar de un día para otro, y de esta semana a la que sigue, para que comprendamos que no había nada de cierto en todo aquello por lo que alguna vez nos jugamos la vida a todo o nada. Tarde o temprano, cada uno de nosotros termina creyendo que entiende la Realidad. Es entonces cuando la vida nos gradúa y nos entrega nuestros diplomas de Pendejos.

Por suerte o por desgracia, sin embargo, sólo muy pocas personas llegan a comprender de qué manera la ilusión consigue instalarse en la mente de los demás hasta el punto de confundirse con lo real. La Mujer Caribeña era una de esas personas, y por eso, la pareja que ella formaba junto al Despellejado estaba condenada a convertirse en una fábrica de mentiras verdaderas. Como si se tratara de una forma de autosecuestro, aquella enfermedad a la que el Despellejado confundió con el amor y por la cual permitió que su universo personal se agrietara desde su raíz, al punto de que los huecos y perforaciones que le produjo en su ánimo su prolongada fusión con la Mujer Caribeña se fueron llenando de ese pus psicológico al que vulgarmente se conoce con el nombre de Mentira. No obstante, de la misma manera en que hay nitros que no se merecen su propia glicerina, siempre habrá verdades que no podrán disolverse en el ácido de la mentira sin provocar crisis terribles. Serían, pues, precisamente esas crisis las que determinarían el rumbo que tomaría la pareja.

5. Desencuentro con la Poesía en un carro público de los 80.

ENTRE LOS PAPELES QUE LA BRISA DE NOVIEMBRE ARROJA a la cara de los transeúntes de la avenida Rómulo Betancourt hay uno que nunca nadie leerá de nuevo, ya que la Poesía, certera como una Browning calibre 45, se encargó de recogerlo una tarde, a la salida de aquella antigua librería que se hizo conocer con el rimbombante nombre de "Instituto del Libro". El papel en cuestión había llegado volando desde algún punto no preciso de la avenida 27 de Febrero esquina calle 18, donde un par de jóvenes orates, uno gordo y el otro flaco, enfermos de palabras ajenas, se habían encargado de ensuciar varias cuartillas escribiendo, uno tras otro, todos los nombres de la Belleza, con tan mala puntería que habían colocado el de la Poesía en el primer lugar. La juguetona falda de la brisa se había encargado de llevarlos, volando de un lado para otro, sobre los techos de las casas de las amantes de militares y embajadores extranjeros, sobre las antenas de televisión de los salones de belleza y las panaderías que habían logrado prosperar en aquella zona de la ciudad de Santo Domingo antes de que el Progreso cortara en dos con su sable argentado (que más bien resultó ser una rústica mocha disfrazada de bulldozer) aquella avenida que, desde entonces, constituye una cicatriz que separa, como el Mar Rojo en los días bíblicos, el norte y el sur, el olvido y el recuerdo, la infancia y la edad adulta.

Furiosa, la Poesía rabió su rencor desde la calle Privada hasta la avenida Winston Churchill. Nadie, nada, nunca. Era imposible. Semejante atrevimiento. ¡Nombrarla! ¿Quién había cometido semejante tropelía en aquella ciudad de ignorantes? ¿Quién, como si se tratara de una lista de jugadores de pun o de botella, había colocado su santo y seña a la cabeza de una colección de treinta putas más o menos famosas en aquella época? Su nombre y apellido, y al lado, en un recuadrito dibujado a mano con un bolígrafo Paper Mate, la descripción minuciosa de los detalles, aspectos y dimensiones de las zonas ocultas de su cuerpo; el mapa completo de todos y cada uno de sus lunares; la narración escueta de sus posiciones favoritas en la cama; los días del calendario en que el celo la vuelve más frágil; su dirección; sus horas de estar en casa y de bañarse y todos sus números de contacto telefónico. El papel, para colmo, estaba escrito a máquina. A mano sólo estaban aquella fecha ficticia: "22 de marzo de 2066", fecha profética, probablemente, y los recuadritos.

Pero no hay nadie en este mundo más vengativo que la Poesía. Es capaz de concitar improvisadas conjunciones astrológicas para que se produzcan súbitos cambios de ánimo, olvidos imperdonables, descuidos insensatos y, cuando más seguro estás de que tu cheque saldrá ese día, una reunión urgente del jefe de contabilidad con el Gerente lo obliga a atrasarse en los pagos; o justo cuando ya sientes sus senos apretándose contra tu pecho en ese preciso instante en que estás listo para zambullirte en la piscina de sus ojos grises, una llamada telefónica, una palabra fuera de lugar o la súbita pronunciación de un nombre equivocado te dejan de repente abrazando el aire; o peor, cuando ya crees que te has ganado en tu trabajo el merecido respeto por el esfuerzo y dedicación que has desplegado en cumplirlo a cabalidad durante varios años, a eso de las 11:00, te llaman a una reunión para decirte, con cara de lechuga, que la empresa ha tenido que tomar la decisión de suprimir tu puesto debido a que se encuentra en un proceso de reingeniería. Y tú que te quedas a mitad de un movimiento, buscando la pluma en tu bolsillo para firmar el reci...; o bajándote la bragueta para que ella te lo...; o revisando el cronograma de entrega que... Si la vida es una loca que camina desnuda por la calle, la poesía es una perra cruel y vengativa.

Como ninguno de sus movimientos es planificado de antemano, la Poesía se introduce en un carro público en la esquina de Churchill con Sarasota. Una señal al chofer y este le pregunta: "¿Quiere una carrera?" Claro, la ve tal cual es cuando lleva puesta su minifalda verde, y por los muslos le bajan gotas de sudor después de haber caminado toneladas de kilómetros. Sentada en el asiento trasero, ella siente que se aburre más ahora que cuando caminaba a pierna suelta por la ciudad y le dice al chofer que la lleve a la Feria del Libro de 1986, y que puede ir tomando y dejando pasajeros, porque igual ella le pagará lo que cueste la carrera. El chofer le da las gracias y le pregunta si le molesta la música. Ella responde que no y él vuelve a preguntarle qué emisora prefiere. Ella le dice que la que a él más le guste y él le dice que ella tiene derecho a pedirle que la cambie antes de poner una de música cristiana. Una señora que carga una cartera enorme le hace señas al chofer. Este se detiene. La señora abre la puerta delantera y se mete en el carro. Más adelante, un joven de aspecto desaliñado dice "Parque", mientras levanta el índice con un gesto que a ella le hizo gracia. Luego de tres o cuatro pasajeros adicionales, los ocupantes de aquel automóvil tienen que sentarse tan cerca uno del otro que casi pueden escucharse pensar. Es en ese momento cuando ella decide entrar en acción, y le pone la mano al joven sobre su pierna derecha. Él la mira y se turba. Ella comienza a acariciarlo y este se turba un poco más. Ella le sonríe cuando él vuelve a mirarla y le dice al oído: "Bajemos donde tú quieras y vamos a donde podamos estar solos. Tengo ganas de despellejarte un poco más de lo que estás". El joven sólo piensa que le había dicho a su novia que se encontrarían aquella tarde en la Feria del Libro, pero como aquel numerito era tan atractivo y la billetera que se lo vendía ya le había tomado su mano derecha para estrujársela contra un húmedo panti, decide, en piloto automático, saltar de aquel carro y acompañar a la mujer que lo había asaltado mientras rodaban por la ciudad.

Desde que se vio junto a ella en el interior de aquel cuartucho de motel cuyas paredes de cartón piedra estaban inexplicablemente pintadas de verde como las de una oficina pública de la época balaguerista, el Despellejado entendió que lo que allí le iba a ocurrir era el fragmento de una historia ajena que no encajaba en el programa de su vida. Con voluptuosidad felina, la Poesía comenzó a quitarse la camisa y sus senos llenaron toda la habitación, sacándole incluso el aire a los pulmones del Despellejado. Un poderoso sostén color *beige* los mantenía juntos, sino, ¿quién sabe si no hubieran salido flotando por las ventanas de aquel cuartucho para ir a perderse en el cielo sobre el parque Independencia? Lame que te beso, la caricia de la Poesía le enderezó las ideas al Despellejado, quien comenzó a comprender de qué iba todo aquello, mientras se preguntaba qué le diría cuando ella le pidiera que le pagara por el "servicio". Claro, en su cabeza de imbécil, todavía no había espacio para entender la diferencia entre una puta y una prostituta. Y sin embargo, fue probablemente aquella ignorancia lo que lo salvó de haber quedado fatalmente atrapado en el verso 9 346 de aquel poema que ya se abría para él solo en la primera página como un libro que alguien deja caer sobre una cama anónima. Y fue en ese momento cuando, sin saber qué decir, sólo atinó a musitar: "Espérame aquí un momento. Tengo que ir al baño y vengo ahora". Apenas se vio fuera de aquel cuartucho, el Despellejado se alejó de allí corriendo para ir a encontrarse con su novia en la Feria del Libro de aquel año. No sabía, sin embargo, que la Poesía lo había escogido aquella tarde para vengarse con él de una afrenta ajena, y que, por aquel desplante, ahora tendría que buscar a otro para vengarse de él. Juntos celebrarían una misa negra, perforando la oscuridad con gritos despiadados, amasando y volviendo amasar un placer espeso como el chicle, hasta que, exhausto, él exhalara su último suspiro dejándose caer sobre los senos de la Poesía, quien reiría aquella noche como nunca antes había reído. "La venganza se come fría", dirá Ella mientras baja sola la escalera de aquel motel, sabiendo que su trabajo allí había terminado. Otra nueva maldición habría sido lanzada a los aires del Gran Santo Domingo, y su efecto no pararía hasta haber logrado su objetivo, así tuviera que esperar veinte o treinta años, o incluso más.

6. En la Casa de Caoba.

EL SECRETARIO Y EL GENERAL ADALBERTO LAGOMA, jefe de la Policía, llegaron a la Casa de Caoba en el segundo vehículo blindado. Antes y después de ellos, un total de cinco yipetas, todas de color negro perla, habían ocupado aquel lugar que había sido previamente condicionado por los agentes que se habían encargado de despejar toda la zona impidiendo el tránsito vehicular y peatonal. Los ocupantes del camión que transportaba los equipos ya se dedicaban a descargarlos e introducirlos en el interior de una gran carpa de color verde olivo donde se improvisó el centro de operaciones. Menos de quince minutos después, provistos de medidores electrónicos, los agentes del Escuadrón de Operaciones Especiales dieron inicio a la tarea de calibrar los aparatos. Comenzaron a sondear el suelo de los alrededores de la casa para ir creando el banco de datos necesario para hacer que la computadora procesara correctamente los cambios de frecuencia registrados por sus escáneres. A medida que se acercaban al perímetro inmediato de la casa, los medidores comenzaron a emitir al unísono un zumbido intermitente.

—¡Hum! —hizo el sargento Pedro Lozano, y dirigió a su compañero de faena, el también sargento Esteva, una mirada de perplejidad, la cual motivó que este último se comunicara por radio con el operador de la computadora oculto bajo la carpa y le preguntara qué impresión le causaban aquellas últimas mediciones.

—Eso mismo me preguntaba, sargento —respondió el primer teniente Medina—. A primera vista parece que han detectado una fuente de radiación, pero hay algo que no está bien, porque no se registran cambios en la lectura del campo electromagnético. Hará falta que entren al patio o a la casa misma a ver si la lectura se modifica.

Interpretando aquellas palabras como si fueran una orden directa, los dos sargentos buscaron la puerta de acceso al antiguo jardín de la Casa de Caoba, que ahora estaba lleno de escombros. Una vez allí, sus aparatos comenzaron a liberar y a emitir señales nunca antes escuchadas por ellos.

—Esto está muy raro, sargento —dijo Lozano—. Pregúntele al teniente que dicen sus aparatos.

El monitor del teniente había registrado un pronunciado pico de alta frecuencia partir del momento en que los dos sargentos entraron al jardín. Ahora estaba casi seguro: la fuente de aquella fuerza estaba ubicada debajo de la Casa de Caoba.

—Infórmele al Secretario que hemos detectado la ubicación del paquete, sargento Esteva —dijo el teniente—. Dígale también que lo que sea que esté produciendo esas modificaciones en el campo electromagnético es necesariamente radioactivo, de manera que hay que llamar a la Comisión Nacional de Energía Atómica para que envíen el personal y los equipos necesarios para trabajar con eso. Por el momento, ustedes dos salgan de ahí inmediatamente.

—¿Radioqué? —preguntó el Secretario perplejo al escuchar el reporte del sargento Esteva.

—Afirmativo. Estamos esperando la confirmación del encargado de transportación de la Comisión Nacional de Energía Atómica para que nos envíen personal de apoyo.

—Eso no es lo que va a pasar —dijo el Secretario. Acto seguido, sacó su teléfono satelital y se comunicó con el Departamento Nacional de Investigaciones. Cinco minutos después, dos helicópteros militares salían de la Base Aérea de San Isidro con destino a San Cristóbal, llevando a bordo un grupo de oficiales entrenados en el trabajo con materiales radioactivos.

—¿Cómo van las cosas en la montaña, Secretario? —le preguntó el jefe de la Policía.

—La refriega cesó hace más de dos horas y no han vuelto a ocurrir incidentes.

—Esa tregua no durará mucho. Lo que hay ahí abajo tiene que ser lo que buscamos o...

—¿O sea que usted no está seguro, Secretario?

—Lo estaré cuando sepa qué hay ahí enterrado. De lo que sí estoy seguro es que no se trata de una mina de uranio.

—Jefe —le dijo el sargento Esteva al Secretario—. Perdone la imprudencia, pero, a propósito de lo que usted dijo hace un rato, en lo que llega la gente, quisiera hacerle una pregunta, porque, fíjese usted, hace años, le oí decir a un tipo que había estudiado en Francia que en ese país se sabe desde hace tiempo que debajo de las montañas de la cordillera central se encuentra una mina de uranio de grandes proporciones que no ha podido ser explotada debido a la carencia de tecnología adecuada. ¿Eso es verdad?

El Secretario suspiró y miró al horizonte, tal vez buscando una manera de no sonar demasiado grosero con aquel militar que ahora le consultaba abruptamente sin mediar en jerarquías. Por un instante, creyó posible probar la retórica. "La mitad de lo que nadie dice es más cierto que la mitad de lo que se sabe", pensó decirle, pero después se le ocurrió que tal vez aquello no era una pregunta ingenua. "Si le miento y sabe que es verdad, el ridículo seré yo", se dijo.

—Mire, sargento —respondió finalmente el Secretario—. El problema es que eso nunca se ha podido confirmar porque habría que vaciar media Cordillera Central y medio Massif du Nord en Haití tan sólo para encontrar una de las materias más contaminantes de todas las que existen en la naturaleza. Además, recuerde que la Cordillera Central es en realidad una gran cicatriz dejada por la subducción de la placa norteamericana en la placa del Caribe. No hay manera de tocar esa parte de la isla sin arriesgarse a poner en riesgo su estabilidad geológica. Siendo así las cosas, lo mejor será que nunca se confirme ese rumor, ¿no es así?

El sargento lo miró fijamente a los ojos y le dijo:

—Secretario: les he hecho ante esa misma pregunta a por lo menos siete altos funcionarios relacionados con asuntos de minería y todos se han burlado de mí en mi cara o han pretendido minimizarme. Aquí todo el mundo se cree demasiado importante como para no saber algo, y supone de antemano que cualquier cosa que sepa un subalterno que no sea de su conocimiento es mentira.

—Esa es la naturaleza humana, sargento —dijo el Secretario creyendo que su interlocutor había terminado de hablar.

—Tal vez, pero déjeme decirle algo sobre lo cual no puedo darle ahora muchos detalles: lo que usted busca no está aquí.

El Secretario se quedó mirando al sargento sin saber qué decir. Al cabo de unos segundos, preguntó:

—¿Y qué es lo que yo busco, si se puede saber?

El sargento clavó sus ojos en las pupilas del Secretario antes de responderle.

—Aquel arcón que el dictador Trujillo hizo enterrar aquí cuando esto no era más que un solar lleno de ratones y culebras. Conozco esa historia perfectamente, pues mi papá me contó que mi abuelo, quien fue franqueador de Trujillo durante más de veinte años, le dijo una vez que él estuvo presente en el terreno donde hoy se levanta el Palacio Nacional cuando desenterraron ese arcón. Incluso se salvó de milagro de ser ejecutado como todos los que se enteraron del destino de aquel maldito arcón, ya que, después de dar la orden de traerlo aquí, el Jefe se dirigió a casa de su pariente Teódulo Pina, quien tal vez fue el que le sugirió traer esa cosa hasta aquí. Mi papá me contó también que mi abuelo pudo verle la cara al tirano cuando caminaba de regreso al carro presidencial que lo trajo a San Cristóbal: "Fue la primera vez que lo vi blanco", dijo que le dijo. En otras palabras, Trujillo le tenía un miedo del carajo a esa cosa.

—Y si usted mismo dice que Trujillo mandó a enterrar aquí ese arcón, ¿cómo sabe que ya no está aquí?

—Ya le dije que no puedo darle ahora muchos detalles. Tendremos que hablar de eso en otro lugar y en otro momento.

—Sargento, lo que está pasando en San Juan de la Maguana es un asunto grave. Cualquier cosa que usted sepa y que pueda ayudarnos a resolver ese problema es un asunto de Estado. No hay tiempo que perder, así que hable ahora o de lo contrario tendrá muchos problemas, se lo puedo asegurar.

—Mire, Secretario, no se preocupe por los problemas que yo pueda tener, ya que, aunque ahora le resulte difícil comprenderlo, en todo esto yo no soy más que un mensajero. Tenga confianza en mí, porque, si se imagina que un sargentico como yo se va a atrever hablar con un Secretario de la Presidencia sobre un asunto tan grave como este sin seguir las instrucciones de otras personas mucho más importantes que él o que usted mismo, entonces no ha comprendido nunca nada acerca de lo que significa ser un jodido en la República Dominicana.

El Secretario tragó en seco al escuchar aquellas palabras que el sargento había pronunciado con una convicción impresionante y no dijo nada. "Tendré que renovar mi suscripción en el club de los pendejos", se dijo suspirando. "Según parece, o hay nueva administración, o ya ni los pendejos son lo que parecen".

—Bueno, sargento. ¿Qué le voy a decir? ¿Que la suerte del país está en sus manos o en las de los que usted dice que lo mandaron a hablar conmigo? La única salida que me deja es darle un plazo. Comuníquese con sus superiores y dígales que si a más tardar dentro de dos horas usted no me ha revelado la ubicación exacta del arcón, los únicos miembros de su familia, incluyéndolo a usted, que quedarán vivos serán los perros y los gatos que puedan escaparse cuando yo dé la orden de que los exterminen. Usted debe saber que este país está así de cerca de entrar en una guerra. Y en una guerra hay muchas cosas que pueden suceder…

Antes de que pudiera escuchar al sargento cuando este comenzaba a decirle: "Lo mismo digo yo", el Secretario gritó:

—¡General Lagoma! Este hombre queda preso partir de ahora. Desármelo, pero permítale conservar y usar su teléfono celular todas las veces que quiera durante las próximas dos horas.

Luego, dirigiéndose al sargento Esteva dijo:

—Nos veremos cuando usted tenga algo que decirme, sargento.

Y se alejó de allí dándole la espalda al sargento, quien ya estaba rodeado de militares.

CUATRO

1. Genealogía de la moral.

POEZÓN SE DIO LA VUELTA EN LA CAMA y sin querer le tocó un seno a Raesía, quien yacía desnudo a su lado. Los gemelos asexuados dormían juntos desde hacía siglos en el interior de una burbuja de cerveza que tardaría toda una eternidad en formarse dentro del vaso de un anónimo contertulio, el único que guardaba silencio mientras, a su alrededor, sus compañeros de mesa alzaban la voz lanzando insultos mezclados con citas de filósofos europeos, disputándose un protagonismo de ocasión que les hacía sentirse importantes por lo menos por espacio de una o dos horas antes de regresar a sus casas donde los esperaba el cotidiano simulacro de felicidad que era la única parte real de sus mediocres existencias.

Sintiéndose ultrajado, Raesía se arqueó tendido todavía sobre la cama y, colocando ambos pies en el costado izquierdo de Poezón, lo empujó con tanta fuerza que este último fue a dar con sus huesos fuera de la cama y fuera de la eternidad de aquella burbuja, yendo finalmente a caer, desnudo como estaba, en pleno parque Enriquillo, a eso de las 11:45 de la mañana de un lunes, en una época en que todo el país se preparaba para las próximas elecciones. Ninguno de los allí presentes se inmutó, pues tanto Poezón como su hermano homocigótico eran invisibles en un país que había dado la espalda hacía tiempo a todas las formas posibles e imposibles del pensamiento sutil. Invisible, intangible, inodoro, inmaculado e impensable para todos y cualquiera de los habitantes del planeta dominicano, lo menos que podía decirse acerca de la insólita circunstancia en que se vio Poezón por efecto de la violenta embestida de su hermano era que no existía. Y sin embargo, fiel a su esencia, aquel hijo de la Poesía y de la Razón poetipensó atinadamente que lo mejor sería marcharse de allí cuanto antes, no fuera a ser cosa que alguien lo percibiera de alguna manera en aquella ridícula facha.

Es fama que tanto la Poesía como sus hijos duermen y viven desnudos como los peces, y así van al banco o a la iglesia, donde siempre los tratan a patadas, pues en todas partes donde llegue, la Poesía no será nunca otra cosa que una molestia inconveniente, una calamidad incómoda o una ridiculez insoportable.

La oportunidad de alejarse de allí se le presentó en la forma de un autobús que, justo en ese momento abrió su portezuela para dejar salir a cerca de tres decenas de ciudadanos que parecían haber sido hechos en el mismo molde rústico. Poezón se acercó a la portezuela del lado contrario al que ocupaba un fornido gañán que llevaba una especie de mandil atado a la cintura y, sabiéndose invisible e intangible en aquella parte del universo urbano dominicano, comenzó a subir por la escalerilla de acceso al interior del autobús, siendo atravesado literalmente en ese proceso por cerca de otra decena adicional de personas que, sin saber lo que les sucedía, comenzaban cada una a proferir expresiones inusitadas e ininteligibles para ellos mismos desde que sus cuerpos entraban en contacto con la inefable materia del hijo asexuado de la Poesía y la Razón. "¡Ay, qué bálsamo existencial este que me aterciopela el día!", dijo una gorda señora que llevaba en su cartera un trozo de bacalao de Noruega envuelto en papel de periódico, cuya cola y aroma sobresalían apestosamente ante los ojos y las narices de quienes habían cruzado toda la ciudad junto a ella a bordo de aquel autobús. "¿Dónde moran ahora los querellantes del alba, serafines cibernéticos anunciantes de maravillas de cemento y neón?", decía un señor calvo y regordete que bajó a la acera e inmediatamente se levantó hasta el pecho su camiseta de franela de color azul para rascarse la barriga, mientras miraba, medio turulato todavía por efecto de aquello que le acababa de suceder, el trasero monumental de una mulata de rostro huraño que caminaba por la acera en ese momento.

Otros ocho ocupantes se pusieron a perorar intempestivamente, como nuevos apóstoles de una epifanía efímera y sin posteridad, pero Poezón ya no les podía prestar atención, pues, ignorante de las tendencias urbanas mejor establecidas desde hacía décadas en materia de uso de vehículos de transporte colectivo en la ciudad de Santo Domingo, en lugar de ocupar alguno de los asientos delanteros, fue directamente a sentarse en la "cocina", es decir, la banqueta posterior de aquel antiguo autobús escolar destinado a terminar sus días rodando por las calles de la capital dominicana.

Las leyes de la física y la termodinámica no tienen vigencia alguna sobre los cuerpos que son producto de las imaginadas emanaciones del Noser: gracias a su contingente unicidad, Poezón podía, por ejemplo, ser él mismo y la banqueta en que se hallaba sentado sin que se produjera ningún conflicto entre su ser y el de aquel objeto. De hecho, él mismo era su propia hermana Raesía, y continuaría sumido en su éxtasis burbujeante mientras ella permaneciese durmiendo en su paraíso encervezado. Sólo que, ahora que se había manifestado en pleno plano urbano dominicano, estaba obligado a encontrar un cuerpo digno de ser habitado por él antes de que terminara perdiendo por completo su esencia más auténtica. De haber ido a parar en la ribera izquierda del río Camú en La Vega, habría escogido sin duda tener la perfecta ubicuidad del mime cibaeño y habría sido, como el dólar, uno y múltiple al mismo tiempo. Pero nadie llega a este planeta de angustias que es la ciudad de Santo Domingo sin perder una parte de su propia esencia: eso a lo que los dominicanos llamamos *aplatanar* algo o a alguien no es otra cosa que la ocultación definitiva de sus marcas de origen, el proceso de borrar con lija, cloro, brillo fino o lejía sus números de serie, hasta hacerlo irreconocible para su propio fabricante, su propia madre o la misma divinidad que lo parió.

De esa manera, Poezón estaba obligado a transmutarse en otro ser si quería conservar aunque fuese sólo un poco de su naturaleza más sublime. El precio a pagar por ello era de todos modos demasiado elevado: tendría que sacrificar su unicidad contingente para convertirse en alguien dual y limitado como todo ser humano. Ciertamente, no le simpatizaba mucho la idea de existir como un constante dejar de ser, pero, a pesar de que tenía una infinidad de opciones, entre las cuales estaba la de volver a ocupar cuando él quisiera el interior de su burbuja de eternidad junto a Raesía, decidió probar suerte y se dejó llevar por el autobús hasta ese lugar de la ciudad de Santo Domingo donde el mar está siempre más cerca del aire que de la tierra, y más cerca del cielo que en ninguna otra parte. Quizás atraído por la tranquilidad, las vibraciones o las ondas hertzianas que se confundían allí como en un enrevesado espagueti de tonalidades turbias, Poezón se dejó caer sobre el pavimento de la avenida Bolívar y antes de que lograra alcanzar la acera, su cuerpo fue atravesado por catorce vehículos que rodaban vertiginosamente por aquella vía, cuyos pasajeros y conductores sintieron inmediatamente el mismo efecto que antes los del autobús.

Indiferente a todo, Poezón siguió caminando por la primera de las calles que encontró abierta del otro lado de la avenida, y no se detuvo hasta que lo atrapó la percepción de que probablemente había encontrado aquello que necesitaba para asegurar su permanencia en la Tierra en condiciones aceptables para él, aunque tal vez sea un error decir que había "encontrado" algo. En efecto, mientras sólo fuera una esencia incontaminada por el cuerpo humano, Poezón tendría la facultad de contemplar la realidad ajena como si esta no fuera distinta a la de sus propios pensamientos. Se movían un dominio en el que no tenían validez las distinciones habituales entre el ser y el no ser, entre lo que está por ser y lo que ya ha sido. Era capaz, por eso, de aprehender inmediatamente el inenarrable conjunto de potencialidades de una persona humana con sólo tocar con ambas manos su cabeza. También, como alguien que presiente la inminencia de un aguacero aunque esté encerrado en un local desprovisto de ventanas, podía sentir la presencia de una onda que desentonaba en el continuo fluir de la apariencia. Tanto él como Raesía habían sido formados a partir de la unión del poder de lo pleno con la irreductibilidad del vacío: nada era más ajeno a la noción de Centro que su mente, si es que se puede llamar "mente" a eso que sólo puede pensarse a sí mismo

Percibiendo, pues, aquella incógnita que tal vez sería la clave de su ecuación imprecisa, Poezón se detuvo a meditar debajo de un letrero que tenía dibujada una flecha, y dentro de la flecha, el mensaje escrito: "Una vía". Fruto de su medicación, casi inmediatamente el cielo se nubló, y a continuación se encontró acodado a un balcón en donde dos jóvenes discutían sobre asuntos que no le eran del todo desconocidos, a pesar de que era la primera vez que escuchaba los nombres de las personas que allí se encontraban.

—El problema con tu poesía, Molusco, es que tal vez tú deberías producir en tus textos más choques entre lo abstracto y lo concreto… —decía un joven que tenía el pelo sumamente negro y que prácticamente se ocultaba detrás de unas gafas de carey demasiado grandes para su cara —… o entre la crueldad y la ternura, no sé, algo así como lo que hace Lautréamont…

Picado por la curiosidad, Poezón quiso conocer cuál era el verdadero efecto que aquellas palabras le habían producido al joven que se dejaba aconsejar de aquella manera limitándose a sonreír nerviosamente mientras se rascaba la cabeza con la mano izquierda. Poniéndole sus manos sobre la frente, Poezón se enteró de que aquel joven no le respondería a su amigo con la verdad, ni en ese momento ni nunca después, ya que su pensamiento se hallaba atrapado entre dos tiempos igualmente imaginarios que no guardaban entre sí ninguna relación con la parte de ambos que accedía a cobrar forma por medio del lenguaje. En cambio, el joven de las gafas había desarrollado la intuición de las sombras, lo cual le permitía hablar libremente sobre cosas que ni siquiera comprendía. "Estos dos no tienen idea de que ambos andan por caminos equivocados", pensó Poezón. "No es con ellos con quienes debo fundirme".

—Nadie tiene la receta de la poesía —dijo finalmente el joven a quien acababan de dar aquel consejo—, de todos modos, te agradezco tu interés por ayudarme…

"Este tipo es más orgulloso que un amolador de cuchillos", supo Poezón que pensó el joven de las gafas, y casi le habría dado la razón si no se hubiera percatado de que aquella idea no estaba sola en su mente. "Estos dos no se soportan, pero se ven con mucha frecuencia. ¿Qué los motivará a mantener este tipo de relación?"

No tuvo que recurrir a ninguna de sus capacidades extrasensoriales porque, justo en ese momento, una tercera forma que hasta entonces había permanecido extasiada escuchando una música que a Poezón le resultaba imperceptible (nadie es perfecto) en un pequeño aparato reproductor de cassettes pareció despertarse desde el fondo de su propia sonrisa y, llevándose las manos a los ojos, se los restregó, diciendo:

—*O-my-gosh!* ¿Ustedes oyeron eso? ¡A mí *Genesis* me mata…!

"Esta es la razón", incluyó Poezón, y luego se dijo: "¿También ella será poeta?"

La forma acerca de la cual Poezón se hacía esta pregunta era una joven que usaba una cabellera larga, espesa y descuidada. Tenía puesta una falda dentro de la cual sus piernas parecían dos pescados que nadaran en un mar de leche tibia. Intrigado, Poezón colocó sus manos sobre la cabeza de la joven, pero en esta ocasión, todo fue distinto. "¿Qué es esto?", se preguntó Poezón. "¿Qué me pasa? ¿Por qué siento en mí la concreción de lo que me falta y la súbita pérdida de lo que poseo?"

El simple contacto con la cabeza de aquella joven hizo que Poezón se estremeciera. Sabía que aquello sólo podría significar que había encontrado un receptor capaz de contenerlo, pero aún así vibraba desde lo más profundo de su *Casinoser*.

Por su parte, la joven comenzó de repente a sentir que un gran calor se apoderaba de ella. Primero fueron sus piernas, luego su sexo y su cintura; luego sus senos y sus brazos, y finalmente su cabeza. "Creo que me va a dar fiebre", pensó, y poniéndose de pie, dijo a sus amigos que volvería en un momento y se dirigió al cuarto de baño, donde usualmente guardaba algunos productos y utensilios de primeros auxilios por recomendación de su mamá. Extrajo un termómetro de mercurio de un bultito de color rojo y blanco y se lo colocó debajo de la axila izquierda. Mientras esperaba, se levantó la falda y se sentó en el inodoro a orinar, dejando salir una ventosidad que sonó a sus oídos como un solo de flauta. "¡Coño!", se dijo. "Parece que me va a dar una vaina". Sin atreverse a levantarse, se sacó el termómetro y comprobó que no tenía más que 37.5 grados centígrados. "Eso ni siquiera es fiebre de pollito", se dijo. "¿Me irá a dar la menopausia a esta hora?", se preguntó y, acto seguido, sonrió y dijo a media voz: "¡La primera poeta menopáusica de los 80!" Sin saber qué hacer, se puso de pie y volvió a guardar el termómetro en el bultito después de sacudirlo varias veces para borrar su lectura. Acto seguido, se quitó toda la ropa y se metió bajo la ducha, en el mismo momento en que Poezón asumía su cuerpo como centro y único polo de su nuevo *Casiser*. Un gran temblor sacudió entonces de pies a cabeza. "¡Estoy convulsionando, coño!", se dijo, pero no tardó en comprender que aquello era imposible. "Esto no es más que el efecto de un *shock* térmico", se dijo abriendo más la llave del agua fría y metiendo la cabeza bajo el agua de la ducha. El agua surtió sobre ella su acostumbrado efecto sedante: los temblores y calambres que la habían estremecido quedaron automáticamente mitigados, pero ahora sentía que un profundo cansancio se apoderaba de ella. "Tendré que decirles a los poetas que me excusen. Tengo un sueño del carajo". Salió de la ducha y se colocó por encima la toalla sin secarse. Luego tomó otra toalla blanca de tamaño más pequeño y se la anudó en el pelo como si fuera un turbante paquistaní. Acto seguido, se dirigió a la salita que daba hacia el balcón, fresca como una lechuga.

—¿Dónde está Esteban? —preguntó casi esperando que se hubiera marchado.

—Se fue —respondió el otro joven—. Dijo que tenía clases en la universidad.

—Bueno —dijo ella—. O sea, que ahora sólo estamos aquí tú y yo.

—Y la poesía —dijo el joven al que le habían criticado sus poemas.

—Ven acá, pues —dijo ella—. Pasa, entra.

Un poco cohibido al percatarse de que ella estaba totalmente desnuda debajo de aquel falso kimono, el joven entró a la sala y se quedó observando cómo ella se acostaba sobre un sofá, dejando primero una sandalia a un costado y luego la otra.

—Te dije que vinieras —volvió a decir ella.

El Molusco avanzó tres pasos en dirección del sofá y luego se quedó congelado contemplando aquel oscuro *maëlstrom* que parpadeaba entre las piernas de aquella muchacha.

—¿Sabes? —dijo ella—. Anoche Octavio estuvo por aquí y pasamos toda la noche hablando de poesía, fumando y bebiendo vino. Luego le pedí que me besara y después me hizo el amor como un guerrero.

El Molusco no sabía por qué aquella muchacha le contaba aquello en el preciso momento en el que él no tenía cabeza para otra cosa que no fuera dejarse caer al interior de aquel abismo que le sonreía entre las piernas de ella y después seguir cayendo hasta llegar a la China.

—¿Y qué quieres tú que yo haga con eso? —le preguntó él, picado en su amor propio.

—No sé, pero podrías imaginártelo.

—¿Y tu marido?

—Sebastián anda por el mundo. No vuelve hasta dentro de dos semanas.

—Sabes que siempre me has gustado…

—No: lo que sé es que siempre te voy a gustar, que no es lo mismo.

El Molusco ya se había sentado sobre el sofá y comenzaba a acariciarle las piernas a la muchacha.

—Eres muy bella…

—No me digas bella, que todo el mundo es bello. Llámame desastre, cataclismo, dime algo que yo no sepa.

—Mejor no te diré nada —dijo él hundiendo su cabeza en el pelo de la muchacha.

En este punto habría podido terminar esta historia si no hubiera sido porque a Poezón le había desagradado tanto la energía de aquel joven que, sin proponérselo, urdió una celda de laberintos oscuros entre su lengua y lo que el Molusco más deseaba encontrar en este momento: su propio deseo. Así, luego de pasarse varios minutos respirando y sorbiendo el perfume de aquella vulva, el Molusco permanecía completamente volcado hacia el interior de su propia concha. "Algo no está bien aquí", se dijo, pero no se permitió pronunciar una palabra. Una prisa ingenua lo obligó a intentar sobreponerse a su propia estupefacción, empeorando así su situación.

—Será mejor que dejemos esto —dijo ella al cabo de un tiempo—. Creo que no me siento bien...

—Yo tampoco —dijo él.

—Lo volveremos a intentar en otro momento.

—No. Creo que no. Es más, no sé si vuelva a poner los pies en esta casa —el Molusco había quedado sumamente afectado por la extraña experiencia que acababa de vivir.

—¿Cómo así?

—No quiero hablar de eso ahora.

—Bueno, allá tú. Tú te lo pierdes. Es más, tienes razón. Será mejor que nunca más volvamos a intentarlo. Pero eso sí, no puedes dejar de venir por aquí.

—¿Y por qué no?

—Porque esta es la casa de la poesía, y si dejas de visitarme, te aseguro que nunca llegarás a ser considerado poeta o intelectual en este país.

Algo en aquella extraña amenaza hizo que el Molusco sintiera al mismo tiempo una mezcla de miedo, vergüenza y ganas de orinar que lo puso a reír nerviosamente.

—Mi madre, ¿entonces quiere decir que me jodí?

—Si no vuelves a visitarme, ni siquiera tendrás que tomarte la molestia de pensar en eso: te joderás tú solo.

El Molusco permaneció en silencio unos segundos. Luego, bajando la vista el suelo, dijo:

—¿Sabes qué? Yo nací jodido, pero si el precio que tengo que pagar para dejar de serlo es dejarme humillar, creo que no me interesa hacer negocios contigo. Ahora lo mejor será que me vaya.

—Bueno, pues, ya sabes: si no vuelves a visitarme...

El golpe de la puerta al cerrarse detrás del Molusco le impidió a este escuchar las últimas palabras que le dirigió aquella muchacha...

2. Vuelo rasante.

A TRES PULGADAS DE ESTRELLARSE CONTRA EL SUELO, la cabeza del Despellejado piensa que piensa mejor. Las rocas a su alrededor no son rocas, sino objetos virtuales sacados del arsenal de utilería de una mala película de Hollywood. El puente desde el cual se acaba de arrojar hace tres segundos lo había visto hacía años en alguna revista de frivolidades. El impacto de la adrenalina que le produce la certeza de hallarse ante un peligro de muerte inminente, o por lo menos, de resultar mal herido, es producto del exceso de café. El golpe de la brisa bajo el efecto de la aceleración de la caída lo produce el abanico de techo que gira sobre su cabeza. No es él quien cae precipitadamente: es el mundo el que de repente se derrumba sobre él, y en su imaginación no hay espacio para asimilar la tremenda trama de detalles que es preciso procesar en tan poco tiempo como el que le queda antes de que sus vértebras comiencen a quebrarse una tras otra luego de que el frágil cascarón de huesos y piel que cubre su cerebro quede destrozado por completo contra aquella ilusión capaz de hacer añicos a la propia realidad.

Hacía por lo menos un año que el Despellejado había dejado de trabajar como profesor en un centro de estudios secretariales que dirigía una señora a la que le decían la tía Guillot y había comenzado a impartir clases de Redacción Comercial en algo así como una universidad privada cuyo entorno inmediato había adquirido las características que, diez años después, distinguiría a casi todas las demás universidades del país e incluso a la misma UASD: en las aceras de las cuatro calles que rodeaban el recinto proliferaban centros cerveceros (*Profe, cuando termine la clase vamos a juntarnos en el colmadón. ¿Usted no tiene calor? Vamos a bajarnos dos o tres frías con estas muchachonas*); centros de masajes (*¡Ay!, profe, nosotras dos estamos locas por darle un masajito a usted. Anote este teléfono para que nos llame. También se lo podemos dar a su esposa o a los dos juntos, si usted quiere*); salones de belleza (*Profe, yo le podría dar un corte que le quedaría de lo más bien. Cuando tenga tiempo pase por el salón que está allí mismo, bajando por la esquina de la izquierda*), y entre sus alumnos era posible comprar prácticamente cualquier cosa, desde ropa, baratijas y perfumes traídos de los Estados Unidos, hasta sexo, drogas e incluso armas de fuego.

Él fue quien insistió en que ambos se desnudaran: la besó profusamente, le soltó una verdadera andanada de versos ajenos mal cocinados, a lo que ella reaccionaba escasamente con una sonrisa mohína y mirándolo como desde el fondo de una botella de Coca Cola. Hasta que terminaron acostados sin haber logrado desprenderse de sus ropas. En la oscuridad de la habitación, él descubrió que sus senos brillaban por debajo del sostén y eso lo entusiasmó tanto que quiso besárselos, pero ella se cabreó. La discusión terminó ocho a cero a favor de la futura Mujer Caribeña, y el Despellejado no tuvo más remedio que irse al baño a estrujarse para poder desprenderse de dos o tres libras de paciencia. Varios meses después, sin pensarlo mucho, el Despellejado y Matilde, al pasar una mañana por la puerta de un Juzgado de Paz, decidieron casarse allí mismo y entraron a la oficina a buscar información.

"Ambos deben ser mayores de edad, tener cédula, actas de nacimiento, tres testigos y quinientos pesos para los gastos del proceso". "Lo único que no tenemos aquí de todo eso son los tres testigos", dijo Matilde. "Bueno, eso se puede arreglar", dijo la jueza mirando al Despellejado. "Usted les da algo a esos tres señores que ve allí y con gusto ellos firman el acta".

Matilde lo lograría, pues: se casaría con el Despellejado. A partir de ese momento, estaría libre para empezar a planear su transformación en Mujer Caribeña, y en su mente iría cobrando forma una escena en la que aquella cita frustrada en un anónimo cuarto de motel se convertiría en el tema central del primer episodio de su venganza.

Pero no nos precipitemos, porque antes, mucho antes de aquella boda irreflexiva, tendrían que ocurrir algunos episodios cruciales, entre los cuales, el de la niña Prodigio ocupa un lugar de gran importancia.

Cuento de la niña Prodigio

Los Reyes Magos en Belén y los pastores, la pastillita de menta para Melchor, el cigarrillo para Baltasar y el ramito de hierba verde para los camellos, todo aquello que la mente humana es capaz de creer y que constituye una imagen de la verdad, según William Blake, sabe a papas fritas al lado de la historia de la niña Prodigio, quien nació, según la leyenda, de los residuos de aquel orgasmo que el Despellejado se provocó manualmente, según el método inventado hacia el siglo XIII por una monja francesa que había acompañado a los soldados que partieron hacia Jerusalén para ir a defender el Santo Sepulcro en las Cruzadas. Ni corta ni perezosa, la futura Mujer Caribeña había entrado al cuarto de baño inmediatamente después de la salida del Despellejado con el pretexto de que la cerveza le había producido unas tremendas ganas de orinar que se complicaban con lo que ella llamaba una "cistitis", o más precisamente, una irritación urinaria. Desde que se vio en posesión total de aquel cuarto, aseguró la puerta con el pestillo para evitar ser interrumpida por el recién descargado varón que ahora la esperaba acostado sobre la cama con cara de alguien que asiste a un entierro. Acto seguido, extrajo del cesto colocado a la izquierda del inodoro los papeles blancos que su acompañante acababa de arrojar allí y, con cuidado, se las arregló para escurrir una gota del preciado líquido que había quedado prisionera de aquel esponjoso papel. Con la otra mano, se bajó las bragas de abuelita color azul claro y se introdujo hasta el fondo de su vagina el dedo sobre el cual había juntado aquella perlínea excrecencia masculina, como alguien que introduce una moneda en su alcancía.

Esta leyenda será contada por los más famosos bardos que surgirán en los cuatro puntos cardinales de la Tierra cuando cese el oscuro influjo del astro negro que oculta con sus rayos a la verdad: aquel ungüento mitogénico, mezcla de celulosa, hongos de humedad, sucio de uñas, saliva de mujer limpiadora de pisos, sudor de empleado de mantenimiento y casi cadáveres de espermatozoides rescatados *in extremis* por la desesperada y audaz mente vengadora de la Mujer Caribeña, quien se habría preñado a sí misma contra todos los augurios, ya que en su vientre de virgen inmaculada habría prosperado el desperdiciado semen del Despellejado, quien, de este modo, sólo podría ser considerado, antes que padre, donante involuntario, inconsciente e irresponsable o, en el peor de los casos, triste émulo del Espíritu Tonto, porque lo suyo no daba para llegar a "santo"… Su semilla germinal, su germen seminal, su seboso gargajo de proporciones gargantuescas que él mismo había eyaculado luego de menos de un minuto de maniática manipulación fue el Principio a partir del cual nacería, como en los mitos, un ser tres veces nuevo en la plena acepción del término: nuevo de novedad, pues su verdadero padre sería el dedo mayor de su propia madre; nuevo de originalidad, pues con su nacimiento quedaría demostrada la primera tesis de la Mujer

Caribeña, a saber, que ella es a la vez Creadora y Dadora, Madre y Padre, Centro y Circunferencia, dueña del Bate y la Pelota; e incluso nuevo de novena, pues nacería a los nueve años de edad el día 9 del mes 9 de 1999, sin que su madre hubiese evidenciado en su vientre el menor asomo de gravidez.

Despreocupada o negligente para cualquier cosa que no fuera su propia persona, la futura Mujer Caribeña tardó casi un año en decidir el nombre que le pondría a su engendro, tiempo durante el cual, como es lógico, este no existiría de manera cabal sino como ectoplasma o como fantasma, algo así como un borrador de persona que podía estar ahí pero no ser, o viceversa, de manera antojadiza. Durante ese lapso, la Matilde rumiaba su gestación extrauterina interpolando en su conversación por cualquier motivo frases de sobremesa del tipo de "¿Qué tú dirías si yo te diera una hija?", o súbitas reflexiones de sobrecama como: "¿Me querrías igual si yo te regalara una hija?", preguntas a las que el Despellejado casi siempre respondía de mala gana diciendo que él no tenía planes de quedar embarazado hasta después de haber alcanzado una situación económica estable; que tenía que terminar sus estudios; que los dos estaban muy bien así sin hijos; que no le interesaba para nada darle hijos a un país tan ingrato como el suyo, etc.

Sin decir nada, Matilde lo dejaba evacuar aquellos desplantes de macho-que-se-cree-capaz-de-decidir-cualquier-cosa, primero porque sabía que tenía que ablandarlo poco a poco en aquella suerte de "baño de María" que eran sus preguntas y comentarios aparentemente inocentes y su repentino interés por todo lo que tuviera color rosado, y segundo porque todavía no podía hacer que permaneciera más de una hora a su lado aquella criatura imaginaria a la que ella había dado a luz una tarde en plena calle, justo en la puerta de entrada de los Almacenes Pica Pica, en medio del habitual jolgorio de marchantas, carteristas, policías uniformados y de civil, hombres y mujeres del pueblo que se aglomeraban en aquel lugar con la única intención de estar allí, picando los precios de una tienda imposible. "No me empuje", le gritó ella a una señora gorda que llevaba puesta una blusa tipo strapless de esas a las que en aquella época se conocían como "baja y mama". "No me empuje, ¿no se da cuenta de que estoy pariendo?" Pero ni la gorda ni los setecientos clientes potenciales aglomerados a su alrededor se podían percatar de que su mente se estaba abriendo como un huevo para dejar salir aquella niña que, inmediatamente después de verse fuera de su imaginación, la tomó de la mano y le dijo: "Mami yo quiero un helado". Aquella tarde, Matilde llevó a la casa tres vestiditos, dos pares de zapatos, seis pantis, tres pares de medias y un frasco de una loción contra los piojos que tenía el dibujo de una avispa gorda o de una abeja flaca en la etiqueta, y cuando el Despellejado le preguntó para quien había comprado todo aquello le dijo que pensaba regalárselo a una amiga suya que acababa de dar a luz.

—Pero esa ropa es para una niña de por lo menos tres años —le preguntó él.

—No importa. Así la tendrá a mano cuando la necesite, porque, de aquí a cuando la niña tenga esa edad, ya no habrá manera de conseguir unos vestiditos de encajes como estos.

Al Despellejado le pareció que aquella idea era lo más estúpido que había escuchado en mucho tiempo, pero no dijo nada porque tenía la mente ocupada en algo que le había ocurrido aquella mañana, mientras caminaba por la avenida Mella. Se había distraído observando los precios de los artículos que se exhibían en el escaparate de una de las tiendas cuando recordó que necesitaba comprar calzoncillos y camisetas de franela porque los suyos ya estaban muy usados. Desde que puso un pie en el interior de aquel comercio, lo abordó una joven de mirada lánguida que le preguntó "¿Qué desea?" como alguien que ofrece un pedazo de su arepa y, al escuchar su respuesta, lo condujo sin mediar palabra tomándolo por la muñeca izquierda a la zona donde encontraría los artículos que a él le interesaban. Acto seguido, se alejó algunos metros de él sin quitarle los ojos de encima, pero, cuando ya el Despellejado se disponía a dirigirse a la caja a pagar, se le acercó y le preguntó:

—¿Encontraste lo que querías? Déjame ver.

Ajeno a todo, él le mostró las prendas que había seleccionado y ella le dijo a quemarropa:

—A mí me gustaría verte con eso puesto.

Él se quedó mirándola por un instante y luego le dijo:

—Eso se puede arreglar. ¿A qué hora sales?

—A las siete.

—Estaré aquí a las siete y quince. No me falles.

O sea que el Despellejado tenía encendida por dentro otra musiquita que lo predisponía a bailar mentalmente mientras la Matilde le hablaba de vestiditos rosados con encajes hechos a mano por las alumnas de aquel instituto de señoritas que regenteaban unas monjas de La Vega, y le prestó poca atención al hecho de que ella había colocado aquellos vestiditos en el fondo de uno de los cajones de su cómoda en lugar de dejarlos en la bolsa que le habían dado en la tienda, como habría hecho cualquier persona cuyo interés fuera el de regalar aquello. Sin escucharla, pues, el Despellejado pasaba en ese momento una rápida lista mental de los sitios donde podría dirigirse algunas horas más tarde en compañía de aquella joven dependienta, y sentía que su ansiedad crecía a medida que comprobaba que carecía de la cultura urbana necesaria como para poder escoger el lugar apropiado para asegurarse el éxito de aquella cita. "Llévala a uno de los mataderos que hay cerca de La Feria", le recomendó uno de sus colegas de la Universidad. "Hay uno que tiene unos paragüitas techados con hojas de palma o de cana donde uno puede hacer de todo sin que nadie te moleste; y otro que es una *boite* completamente oscura donde se puede bailar sin ropa y sin problemas; hay como otros siete que son iguales a esos que te digo, o sea que si vas a La Feria, tendrán mucho por dónde escoger".

El Despellejado llegó a la esquina de las avenidas Duarte y Mella a las 6:40 minutos. Como todavía era temprano, se dedicó a contemplar escaparates y a fumar un Marlboro tras otro. En uno de los escaparates había por lo menos siete tipos distintos de juegos de dominó; vasos decorados con flores de colores vomitivos; espejuelos en envolturas plásticas; relojes pulsera, leontinas y cadenas con baños de oro falso. Otro de los escaparates tenía varias docenas de camisas de hombres y maniquíes negros vestidos con chacabanas y *blue jeans;* también había zapatos de varios modelos; medias de distintos colores, todas de mala calidad. Aunque ya los años 70 estaban lejos en el recuerdo, todavía el mercado de aquella zona estaba atiborrado de tejidos sintéticos: nilón, dacrón, poliéster, etc. Las horribles camisas estampadas bostezaban en las vitrinas de algunas tiendas; los trajes de anchas solapas permanecían allí como evidencias incontrovertibles de que el mal gusto era capaz de resistir todas las pruebas, incluyendo la del tiempo, y las corbatas de seda falsa y de colores chillones permanecían en el mismo lugar donde habían sido colocadas quince o veinte años atrás, sobreviviendo a los ataques cotidianos del inclemente sol tropical bajo una fina pátina de polvo que constituía la mejor garantía de que habían sido hechas en otro planeta para que fueran capaces de escapara a la dura realidad dominicana.

Por lo menos, eso pensaba el Despellejado, a quien todavía no le importaba en aquella época que alguien lo viera subirse en un carro de concho al lado de una mujer a la que había esperado a la salida de una de las tiendas de la avenida Mella. ¿Y si se llegaba a enterar Matilde, que pasaría? ¿Y quién quita que ella no se hubiese enterado de lo que él hacía cuando salía por ahí? Su manía de husmear en las pertenencias de él lo divertía más de lo que lo preocupaba. De hecho, a menudo él le tendía trampas, como la vez que le puso el nombre de "Gloria B." al número de teléfono del Instituto Dominicano de Psiquiatría, y ella llamó para preguntar si allí trabajaba una mujer llamada Gloria, lo cual creó una cómica cadena de malentendidos, a partir del momento en que le pusieron al habla a una paciente esquizofrénica que, casualmente, se llamaba Gloria en una de sus personalidades múltiples, y cuando Matilde le preguntó por qué su "marido" tenía anotado su número de teléfono en la contraportada de un libro de poemas de Pablo Neruda, la supuesta Gloria le soltó una interminable catarata de insultos entre los cuales el que más le dolió fue el de "maldita-frígida-crica-seca-de-mierda". Delirante, prácticamente echando espumas de rabia por la boca, Matilde colgó el auricular y sólo entonces pudo escuchar las risotadas que soltaba el Despellejado en la habitación contigua, desde donde había escuchado toda la conversación a través de otra línea telefónica.

De esa manera, los celos de Matilde no fueron nunca un obstáculo para que él, macho cabrón sin destutanar, se las arreglara como pudiera para ir a tumbarse con cuantas mujeres quisieran medirse con él en la cama de sus años veinte. Comprendiendo que debía hacer algo para mantener ocupado a aquel a quien ella insistía en llamar públicamente "su marido", la Matilde se apareció una tarde con un recortito de periódico en el que se anunciaba el inicio de un programa de maestrías que ofrecería el Instituto Tecnológico de Santo Domingo bajo el patrocinio de la Comisión para la Celebración del Quinto Centenario del Descubrimiento y le dijo:

—Mira lo que te tengo.

El Despellejado leyó el anuncio y de inmediato se sintió tentado por aquella oportunidad de continuar sus estudios, aunque aquella no era exactamente la idea que él tenía en mente.

—A mí lo que en verdad me interesa es irme de este país para no regresar nunca —le dijo—. Estoy cansado de tanta mediocridad, de tanta falsedad, de tanta hipocresía…

—Bueno, pero mientras tanto, debes ir preparándote para que sepas hacer algo que valga la pena cuando te vayas de aquí, y no tengas que comenzar limpiando pisos como la mayoría de los dominicanos que aterrizan en el extranjero.

—A lo mejor es verdad. Voy a ver qué hago…

Una idea le atravesó la mente al Despellejado mientras decía esto último.

—Y a propósito de irse de aquí, ¿qué pasó con tu niña?

—¿Prodigio? ¡Es verdad! No te lo he dicho. ¿Te acuerdas de Perla, la que vive al otro lado de la avenida? Ella me dijo que, como tú y yo estamos comenzando esta relación, podría ayudarnos a criarla.

—¿Pero qué dices? ¿Y no es tu hija, acaso?

—¿Y eso qué importa? A mí no me crió mi mamá, sino una señora a la que mi mamá le pagaba por atenderme mientras ella trabajaba. Eso es algo muy común.

—Pero no se trata de un saco de arroz ni de una goma de tractor. Es una niña, y los niños tienen que estar con sus padres.

—Bueno —dijo Matilde—, mejor será que te vayas enterando: mis hijos no necesitan papás. Cuando los padres estorban, ellos mismos los quitan del medio y se buscan otros.

Completamente ajeno a lo que pasaba en ese momento por la mente de la futura Mujer Caribeña, el Despellejado se encogió de hombros y miró para otro lado. Sin embargo, ella no estaba dispuesta a dejar que las cosas se quedaran de ese tamaño y, sin detenerse siquiera a medir las consecuencias de lo que diría, agregó:

—Eso te lo digo para que sepas que Prodigio estará mejor con Perla y Lalo que con nosotros. Ah, y por cierto: no te lo había dicho, pero esa niña es hija tuya.

El Despellejado no pudo contener la carcajada al escuchar aquello.

—Perdóname, pero esa sí que es buena. De manera que ahora me dices que soy papá de una niña de tres años. ¿Y puedo saber cuándo te hice el favor de dejarte embarazada, si no es mucha molestia?

—Eso no importa. De verdad, lo único que importa es que soy yo quien te dice que es hija tuya. Mira que no te estoy diciendo que tienes alguna responsabilidad sobre esa niña. Ese es otro problema y no tienes nada que ver con eso. Pero de que es hija tuya, lo es.

—Lo cual me convierte en una especie de "espíritu santo"...

La burla del Despellejado y las risotadas que le siguieron lograron contagiar a Matilde, quien comenzó a contar una historia acerca de una de sus vecinas quien le había dicho a su mamá que había quedado embarazada por haberse sentado en la tapa de un inodoro inmediatamente después de que uno de sus primos saliera del baño, aunque no pudo terminar su relato debido a que casi en ese mismo momento sonó el timbre del teléfono.

—Era Lucía —es decir, una de las primas de Matilde—. Dice que viene para acá con su novio.

La conversación se detuvo y ambos regresaron a la pantomima de vida de pareja que venían representando desde el inicio de su relación.

3. Perder el tiempo.

EL PLAZO DE DOS HORAS que el Secretario le había dado al sargento Esteva para que les revelara la ubicación exacta del arcón estaba a punto de cumplirse sin que el militar hubiese hecho uso de su teléfono celular para intentar comunicarse con sus supuestos informantes. ¿Qué podía hacer aquel pobre sargento atrapado en una rígida cadena de mando en la que no estaba en capacidad ni de ceder más ni de apretar menos de lo que su menguada capacidad le permitía? Nadie le pidió su opinión cuando tuvo que aceptar participar como peón ciego en aquella extraña partida de ajedrez en la que nunca supo de qué lado ni en qué sentido debía moverse. Sabía que la única manera en que alguien puede obedecer órdenes es prohibiéndose a sí mismo el derecho de pensar. Pero también sabía que la única manera en que podía salvar el pellejo en aquella situación era quedándose callado. Aquellas casi dos horas que había pasado cautivo de los guardias a quienes el general Lagoma ordenó custodiarlo sin perder de vista ni uno solo de sus movimientos le habían permitido poner un poco de orden en sus pensamientos. "Vamos a ver en qué parará la cosa", se dijo al ver en su reloj pulsera que en un minuto apenas se cumpliría el plazo que le había dado el Secretario.

¿Qué había sucedido en el curso de aquellas dos horas? Una llamada del Secretario al ministro de las Fuerzas Armadas había activado una intensa labor de inteligencia en el entorno personal y profesional del sargento Esteva con la cooperación del Departamento Nacional de Investigaciones y de por lo menos tres organismos extranjeros que prestaban servicios ocasionales al Estado dominicano en asuntos de este tipo. No menos de quince agentes especiales voltearon al revés como un guante la vida privada de aquel militar y examinaron sus cuentas bancarias, sus llamadas telefónicas, sus contactos institucionales, sus amigos y los de su esposa, sus antiguos vecinos, sus eventuales amantes conocidas y furtivas, sus registros médicos, sus gastos fijos y sus últimos viajes al interior del país hasta determinar, al cabo de una hora y media de exploración exhaustiva, que no había indicios de que aquel militar estuviese involucrado en ninguna operación ilícita, ni de que hubiese sido contactado de manera directa o indirecta por alguna de las agrupaciones enemigas del gobierno o por alguno de los incontables sectores de la mafia internacional. "Está demasiado limpio, lo cual lo convierte en alguien todavía más sospechoso", se dijo el Secretario al leer la minuta del informe que le envió el coronel Negrón, del DNI. "Nadie puede haber vivido cuarenta y tres años en este país sin haber metido la pata por lo menos treinta veces. Este tipo ni siquiera tiene ni ha tenido nunca una querida, lo cual es demasiado raro en un guardia. Tendré que averiguar qué era lo que quería decirme sin que nadie lo supiera". Ya se disponía a dar la orden de que condujeran al sargento Esteva a la carpa que ocupaba el centro de operaciones cuando el general Lagoma se presentó ante él sumamente agitado.

—¡Secretario! —gritó—. Acaban de atacar la zona del conflicto con misiles de corto alcance. Todavía no se sabe quiénes los tiraron, pero parece que el blanco fue uno de los campamentos de los mercenarios de la minera. ¡Ahí se va a armar un pedo más grande que el de Atanasio!

—¡Coño! ¿Cómo que misiles? ¿Y nadie sabía nada de ese tipo de armamento?

—Respetuosamente, señor, comuníquese con el Jefe de las Fuerzas Armadas si quiere más información. Lo único que yo sé es que ni el ejército dominicano ni el haitiano tienen ni han tenido nunca misiles. Ese tiro no salió de estos pedazos.

"¡Qué vaina!", se dijo el Secretario. "Entonces el pendejo ese tenía razón. Este pleito no es por una mierda de minas. Aquí hay algo mucho más grande".

—¡General Lagoma! —gritó el Secretario—. Ordené que me traigan inmediatamente al sargento Esteva y que nos dejen solos. Lo que sea que este tipo sabe debe estar relacionado con la gente que explotó ese misil.

Lagoma sacó la cabeza de la carpa y llamó a gritos al cabo Santana, a quien ordenó ir en busca del sargento

Esteva y conducirlo hasta allí. Minutos después, esposado pero con la expresión altiva, el sargento entraba a la carpa mientras el coronel ordenaba a los custodios retirarse.

—Quítele las esposas al sargento, tenga la amabilidad, coronel. Este hombre no es un criminal ni nada que se le parezca. Así estará más cómodo para conversar conmigo.

El Secretario había dado aquella orden mientras abría la tapa de una botella térmica militar que contenía café y lo servía en dos tazas de tamaño regular.

—¿Un cafecito, sargento?

Esteva no respondió, pero un brillo repentino en su mirada dejó entrever al Secretario que su invitación sería aceptada, de manera que le extendió una taza con la mano derecha, mientras sostenía la suya con la izquierda.

—Usted es cibaeño y de seguro le gusta el café dulce. A mí, que soy capitaleño, me gusta más bien un poco amargo.

El sargento sonrió antes de responder:

—Le informaron mal, Secretario. Es cierto que todos mis papeles dicen que nací en Puñal, pero eso no es cierto. La verdad es que a mí me declaró un tío mío como hijo suyo porque mi papá estaba preso el día que yo nací. Yo nací en la capital…

El Secretario sonrió al escuchar aquello y dijo:

—Bueno, yo no tengo nada contra los cibaeños, pero me gusta el café amargo. Pero mejor hablemos de cosas más alegres: acaban de explotar con misiles la zona del conflicto. No se sabe cuántos muertos causó ese ataque, pero todos son del lado de los mercenarios. Sé que usted no quería hablar conmigo en aquel otro lugar. Por eso lo he mandado a buscar. Si hay algo que usted sabe que pueda ayudarme a impedir que aquí estalle una guerra, creo que ha llegado el momento de comenzar a hablar.

Esteva volvió a sonreír. Esta vez, sin embargo, su rostro mostraba por primera vez signos de que lo embargaba una profunda preocupación. Finalmente, dijo:

—Señor Secretario, no sé si tiene usted alguna confianza en mí, pero aunque no sea así. creo que usted debe saber que esta casa es el siguiente punto en la lista de los que serán atacados con misiles. Usted hará lo que le parezca más conveniente, pero, si no quiere pasar a la historia como el más tonto de los pendejos, disponga la evacuación de toda esta zona lo antes posible, pero sin hacer muchos aspavientos. En el camino le diré todo lo que sé, pero ahora haga lo que le digo.

El Secretario se quedó mirando al sargento con una expresión de perplejidad. Casi no lograba controlar sus manos que buscaban instintivamente en sus bolsillos su teléfono satelital. Un poco desorientado, lo encontró segundos después, al lado de la botella térmica.

—Tengo que comunicarme inmediatamente con el ministro de las Fuerzas Armadas.

—Secretario, lo que sea que usted quiera hacer, hágalo rápido, pero ordene por lo menos que saquen a todo el personal militar de esta zona. Estos muchachos no tienen la menor idea de lo que está pasando aquí. El Secretario ya no escuchaba al sargento Esteva. Se había puesto de pie e intentaba infructuosamente comunicarse con el ministro. Al tercer o cuarto intento, desistió. Sacó la cabeza de la carpa, y gritó:

—¡General Lagoma!

—¡Señor! —gritó sorprendido el jefe de la Policía, quien se hallaba cerca de allí conversando con algunos agentes.

—¡Ordene inmediatamente la evacuación de sus hombres y de todas las personas que encuentre a dos kilómetros a la redonda, sin excepción! ¡Este lugar será atacado con misiles! ¡Proceda!

—Un momento... Secretario... —atinó a decir Lagoma—. ¿Ya lo reportó a las altas instancias?

—No puedo comunicarme, y eso es lo que más me preocupa. No quiero estar un minuto más aquí. Vamos de regreso al Palacio Nacional.

Apenas el Secretario acabó de pronunciar estas palabras, se oyó la voz del sargento Esteva gritar:

—¡No! ¡Allá no! ¡Ese lugar también será atacado! Le dije que le daré más detalles en el camino. Usted tiene que saber muchas cosas, Secretario, pero mejor vámonos de aquí. Cada minuto cuenta.

Al oír aquello, el Secretario se puso fuera de sí.

—¡Pero eso es un atentado contra el gobierno y el Estado! ¡Eso es un golpe de Estado! ¡Eso es una...!

—Eso es justamente lo que está a punto de pasar. Vamos, súbanse a la yipeta. Trate de comunicarse de nuevo con la capital en el camino.

Por su parte, el general Lagoma ya había logrado establecer comunicación con sus hombres. En esos precisos momentos, ordenaba que evacuaran a todo el personal del Palacio Nacional y que condujeran al presidente a un lugar seguro. A medida que hablaba, su rostro parecía cambiar de color a cada segundo: del pálido al rojo encendido, luego otra vez al pálido, y después al marfil ceniciento de los muertos.

—¡No lo puedo creer! —gritó Lagoma sin quitarse el teléfono de la oreja izquierda— ¡Explotaron un misil en el Palacio Nacional y otro en el ministerio de las Fuerzas Armadas. El presidente se salvó de milagro porque estaba en una reunión con los de la Cámara Americana de Comercio. El ministro y quién sabe cuántas decenas de personas más están ahora sepultados bajo varias toneladas de escombros. Al parecer, los misiles fueron disparados desde puntos distintos. Ahora mismo hay cuatro batallones del ejército peinando los alrededores de los lugares afectados. Toda la capital está estremecida.

De repente, Lagoma y los demás ocupantes de la yipeta en que viajaban a toda marcha escucharon una poderosa detonación que los obligó a mirar hacia atrás: una densa columna de humo se levantaba en el lugar donde hasta poco antes había estado la Casa de Caoba.

—¡Mi madre! —gritó el cabo que conducía la yipeta—. ¡El sargento tenía razón! ¡Si nos quedábamos ahí nos iban a sacar la mierda!

—¡Cabo, controle esa lengua, coñazo! —gritó el sargento, recordando que apenas dos horas atrás aquel mismo cabo le había puesto las esposas para hacerlo prisionero.

—¡Sí, señor! ¡Usted perdone, señor! —gritó el cabo.

El Secretario no pudo evitar sonreír ante el despliegue de inútil parsimonia militar, dadas las circunstancias.

—Relájese, sargento —dijo el Secretario—, el cabo tiene razón. Creo que todos los que estamos aquí más los que vienen en los demás vehículos le debemos la vida.

El sargento dirigió al Secretario una mirada severa antes de decir:

—¿Todavía no se sabe nada del señor presidente?

—Bueno, sargento —respondió el Secretario—. Lo único que podemos decirle por ahora es que está en un lugar seguro. Y a propósito: me parece que será mejor que usted comience a decirnos qué carajo es lo que pasa y quién nos está atacando.

El sargento volvió a mirar al Secretario, pero esta vez, su expresión era distinta.

—Bueno —dijo—, entonces, agárrense, porque creo que lo que les voy a decir los va a estremecer más que la explosión que acabamos de oír.

4. Piedras sobre el cielo.

—HACIA 2028 —COMENZÓ A DECIR EL SARGENTO—, una agrupación clandestina europea comenzó a explorar la posibilidad de establecer una filial en la República Dominicana aprovechando el hecho de que el país parecía decidido a iniciar un período de transformaciones en todos los órdenes.

—Usted está hablando del primer gobierno del Dr. Aníbal Augusto Servilló —lo interrumpió el Secretario—.

Mejor será que llame las cosas por sus nombres. Tiene que saber que esta conversación está siendo grabada. Continúe.

—Como quiera, pero el problema es que no todas las cosas tienen nombre... Y a propósito: el Dr. Servilló no tiene nada que ver con lo que voy a contarles. Eso debe quedar claro desde el principio. En fin, no importa, el caso es que los europeos en cuestión enviaron a un tipo, un serbio que hablaba perfectamente el español porque había vivido varios años en Cuba antes de la perestroika. Se llamaba Lujan Vladisevick, pero le pedía a todo el mundo que le dijeran Michel. Se estableció primero en un hotelito de Las Terrenas en compañía de una mujer cuya cara y cuerpo parecía de brasileña, pero que según él, era de Madagascar, con quien hablaba todo el tiempo en francés. De hecho, en Las Terrenas, todo el mundo creía que él era francés, menos los franceses, claro está. Él decía que había venido a comprar unas tierras para algunos socios suyos y una casa para él y su mujer, y que le interesaba hacer negocios en el ramo de la agricultura de productos orgánicos (chocolate, café, especias, etc.). En realidad, el tal Michel hizo un par de contactos claves en dos instituciones bancarias, las cuales se mostraron muy interesadas en negociar con sus "socios", particularmente una de ellas, cuyo representante le ofreció presentarle al dueño del banco en persona y arreglarle una entrevista con sus socios.

El encuentro entre el presidente del banco y los socios de Vladisevick tuvo lugar en diciembre de ese mismo año de 2028, a bordo del yate que uno de ellos tenía atracado en la Riviera francesa. Es lo único que sé de esa reunión. En cuanto a las consecuencias que tuvo dicho encuentro, la que me parece más sorprendente fue la concesión de una carpeta de inversiones de gran volumen destinada al fomento de la gran hotelería de lujo en las tres costas de la República Dominicana, y cuando digo de lujo, me refiero al lujo de verdad... nada que ver con lo que hasta ahora se conoce con ese nombre por aquí.

El problema era que esa inversión tenía en contrapartida la cesión por cien años de una amplia franja del territorio nacional, lo cual no se podía lograr sin una aprobación directa del Congreso dominicano. Como era imposible lograr que se aprobara un proyecto que únicamente favorecería a una institución bancaria privada y que, para colmo, implicaba la enajenación de una porción considerable de las costas dominicanas, se determinó hacer pasar la cosa como un proyecto de licitación internacional que sería presentado al Congreso como una *joint venture* del banco y de otras tres instituciones financieras europeas.

—De manera que eso era lo que se traían entre manos esos pelafustanes —interrumpió el Secretario—. Siempre supe que detrás de este proyecto se movían cosas que no estaban muy claras. Lo que me pregunto es como rayos se enteró usted de todo eso que cuenta. No creo que lo haya leído en la prensa…

—Si me permite continuar, se percatará de que ni siquiera he comenzado contarle nada —dijo el sargento.

—Tiene razón, sargento. Prosiga.

—Las negociaciones se realizaron en el más estricto secreto y siempre en distintos lugares del extranjero. A medida que pasaba el tiempo, sin embargo, se iban fundando, primero en el norte, después en el este, más tarde en el sur, distintos proyectos hoteleros de calidades desiguales pero comparables. Como usted sabe, el referente local en materia de hotelería turística desde finales del siglo pasado había sido Punta Cana. Pero lo que se comenzó a planificar en el 2020 fue pensado para dejar a ese referente convertido en una reliquia del pasado. El concepto de playas artificiales con arena sintética y arquitectura vanguardista competía con el de la importación de arena del Sahara para el acondicionamiento de un total de 174 km lineales de playas y la edificación de un total de 724 000 habitaciones de distintas categorías. Claro está, un proyecto de esa envergadura implicaba asestarle un impulso vigoroso al sector agropecuario local para que fuera capaz de abastecer con productos frescos todo el año a un mercado que ellos proyectaban sería de unos 25 millones de turistas por año. En esos términos, cualquiera que tuviera más de dos dedos de frente se habría dado cuenta de que un proyecto semejante significaría el crecimiento del Producto Interno Bruto nacional al triple de su más alto nivel histórico. Sin embargo, a pesar de que se había logrado avanzar de manera acelerada comprando a más de las dos terceras partes de los congresistas para que aprobaran la "cartera de licitaciones internacionales" que le mencioné hace un rato, súbitamente se presentó un obstáculo que resultó insalvable y que dejó a los negociadores con las manos atadas a partir del momento en que el gobierno dominicano pidió cambiar el modelo económico del país para hacer de la explotación minera la principal prioridad del Estado. Todos ustedes recordarán que esa decisión condujo a una crisis política de grandes proporciones. Sobre todo usted, Secretario, ya que, como todo el mundo sabe, le debe su cargo actual a la renuncia del antiguo incumbente, el ingeniero Lázaro de la Rosca...

—Bueno... —dijo el Secretario—, no fue exactamente así, pero da igual: eso fue lo que dijo la prensa.

—El caso es que esa crisis tampoco fue lo que pareció. ¿Se acuerda de que hasta el mismo embajador de los Estados Unidos felicitó al Dr. Servilló a raíz de aquel discurso en que ofreció garantías a todos los inversionistas extranjeros de que los futuros cambios no iban a poner en riesgo la estabilidad de sus capitales?

—¡Claro que me acuerdo de eso, si quien escribió ese discurso suyo fui yo mismo!

—Lo que ni usted ni el mismo Dr. Servilló sabían era lo que sucedería después, ¿verdad que no?

—Claro que no. ¿Quién se iba a imaginar que la comisión de expertos que envió la ONU para que evaluara el potencial minero del país había determinado la existencia de todas esas minas de las que ahora todo el mundo habla? Esa información se mantuvo en el más absoluto secreto hasta hace muy poco.

—Usted perdone, Secretario, pero la existencia de esas minas se conocía desde mediados del siglo XX. El mismo Trujillo sabía que existían, pero como los precios de la plata, el aluminio, el ferroníquel e incluso el azufre eran en aquella época tan bajos, a nadie se le ocurrió entonces pensar que esos materiales podrían llegar a ser tan valiosos. No fue sino hasta el 2015 cuando unos grupos de inversionistas extranjeros y criollos se decidieron a desarrollar lo que desde lejos se veía como un excelente negocio, luego del éxito que tuvieron los que negociaron la mina de Cotuí. Es precisamente en ese momento cuando yo comienzo a trabajar, en mi calidad de perito geólogo, con unos ingenieros brasileños que, a su vez, fueron subcontratados por una compañía alemana que se dedica a evaluar proyectos de inversión en el campo de la minería.

—Pero no me va a decir que usted ya era militar en ese momento, sargento —dijo el jefe de la Policía.

—Claro que no, general —replicó el sargento—, pero no se preocupe: en un rato les contaré de qué manera y por qué no me quedó otra alternativa que la de meterme a guardia. Por el momento, lo que importa es recordar que en el sector de la minería hay mucha gente poderosa de la política, la religión, la industria y los negocios a nivel mundial. Precisamente el tipo de gente que no se detiene ante ningún obstáculo. Los ingenieros para los que yo trabajaba entonces estaban a cargo de zonificar y detectar mediante perforaciones y ultrasonidos la estructura geológica de una amplia zona del valle y las montañas del Baoruco, basándose en unos planos realizados a partir de las observaciones hechas por el satélite de exploración que los alemanes pusieron en órbita en 2016.

—¡Cómo, sargento! ¿Y desde cuándo lo que hay en la República Dominicana les interesa tanto los alemanes?

—General, con todo respeto, ni son "los alemanes", ni este es un asunto de política internacional. El mundo entero es el patio de esta gente. Si tuvieran que hacer un hoyo de setenta y cinco kilómetros de profundidad para echarle mano al gas natural, la bauxita, el cobre, el oro o los diamantes que la tierra esconde, lo harían sin detenerse a preguntar si hay que destruir una ciudad, desviar el curso de quince ríos, secar un lago, matar o mandar a mudar a toda una población. Eso sí, ellos todo lo hacen "como dice el libro": siempre se las agencian para obtener contratos legítimos de parte de los gobiernos de los países en donde se establecen.

—Esa es la parte más fácil —dijo el Secretario—. Digamos que, sin eso, tampoco el país tendría "relaciones comerciales" internacionales...

—Bueno, pero eso es así porque a ningún político se le ha ocurrido pensar en cambiar las reglas del juego, comenzando por dotar al país de una universidad digna de ese nombre que se encargue de formar centros de investigación que...

—No se aparte del tema, sargento.

—No me interrumpa, entonces, Secretario. Mire que ya casi llegamos a la capital. Y a propósito, ¿puedo saber a dónde vamos?

—Vamos a la base aérea de San Isidro. No me dirá que también está en la lista...

—Jajaja. No, esa no está en la lista, pero, si quiere un consejo, mejor vayamos a Santiago. La base de San Isidro es uno de los bastiones del clan de los hoteleros. En estos momentos, a menos que me equivoque, las cabezas de ustedes dos deben tener un precio no muy alto por esos alrededores...

—¡Ya usted oyó, cabo! Desvíese hacia Santiago desde que pueda.

—También sería bueno cambiar de vehículo cuanto antes —sugirió el sargento—. A esta hora, ya debe haber mercenarios buscándolos por todo el país. Un vehículo como este es fácil de ubicar. Será mejor cambiarlo por otro menos llamativo que tenga los vidrios tintados. ¿No tendrá por ahí algo de ese estilo, general Lagoma?

Lagoma sonrió dejando ver que había entendido la indirecta, pues, durante los días previos al estallido de la crisis, la prensa lo había involucrado a una red que traficaba carros robados y los llevaba para Haití, donde luego eran vendidos a particulares o utilizados para abastecer el precario servicio de transporte público de ese país. En uno de los programas televisivos de mayor *rating* en aquella época, titulado *Entre Lucas y Juan Mejía*, los hermanos banilejos Lucas y Juan Mejía desglosaron algunos detalles de ese asunto y revelaron que sólo un 2% de los casos de vehículos robados terminaban satisfactoriamente resueltos con la devolución de estos a sus legítimos propietarios. También hablaron de numerosos casos en los que los propios dueños habían descubierto sus automóviles conducidos por agentes de la policía uniformados que fungían como choferes de algunos oficiales de alto rango o de algunos de sus relacionados, particularmente mujeres jóvenes y de cuerpos esculturales. A raíz de ese escándalo, se llegó incluso a editorializar en la prensa escrita pidiendo la destitución del general Lagoma y la creación de una comisión que investigara su participación en un asunto tan espinoso, pero nada de eso ocurrió. Los robos de autos continuaban como si fueran obra del gran poder de Dios y sólo el estallido de la crisis de la Mindmine logró desplazar la atención pública hacia otra parte.

—Sargento, no escupa para arriba, que luego la saliva le cae en la cara —sentenció el general Lagoma lleno de malicia—. Aunque, casualmente, se da el caso de que yo puedo resolver ese problema ahora mismo.

Y tomando su teléfono celular personal, buscó un número en su lista de contactos. Apretó el botón de llamar, esperó unos instantes y luego dijo exactamente lo siguiente:

—¿Quihubo, Zafacón? Necesito que me facilites tu yipeta dorada, sí, la que tiene vidrios tintados. Llénale el tanque de gasolina y el de gas y tenla lista en veinte minutos. Yo mismo la voy a pasar a buscar para un operativo, así que ya tú sabes.

Y colgó. Después de un tenso silencio de varios segundos, el general creyó necesario aportar algunas explicaciones:

—Ese es un amigo mío al que le decimos Zafacón porque es dueño de cinco camiones recolectores de basura. De eso es que él vive: los alquila al ayuntamiento y gana mensualmente un saco de dinero sin dar un golpe... ¡Cabo, cuando llegue a la Luperón vaya despacio, que yo le voy a decir donde tiene que doblar...!

5. Raesía tiene sed.

A SOLAS EN SU BURBUJA, RAESÍA ABSORBE, sin proponérselo, las ondas de misterio que expele su cuerpo al vibrar en sintonía con el mar de cerveza en el cual se manifiesta su ser. Millones de seres como él pueblan el universo contenido en un sólo vaso del dorado líquido, pero cada uno de ellos anula a los demás en su propia unicidad. Está escrito (o por lo menos, lo estará a partir de ahora) que las burbujas recorrerán esta tierra después del cataclismo. Olas de cerveza, por no decir de mar, de silencio o de olvido, recorrerán las calles para limpiar todo el oprobio acumulado durante siglos, y de la actual miseria que tan mal se disimula detrás de tanta falsedad nacerán las burbujas de la nueva alegría; aquello que ahora es llanto se volverá gozo puro, y los humillados perderán todo recuerdo de haber sufrido, y la rotunda pena de quienes fueron robados se volverá pasión danzante, canto y regocijo, y quienes quedaron solos tras haber sido abandonados a un lado del camino tendrán de nuevo un centro de donde brotará la dicha, pues ese es el propósito de lo que un día fue burbuja: romperse para abrir los ojos más grandes que la luz.

Raesía tiene sed, y está harto de su burbuja. Sabe que del otro lado de ese vaso que ya pronto terminará vacío hay formas humanas que divagan en nimiedades. Escucha la conversación que sostienen los integrantes de la mesa en donde ella se manifiesta, pero nada de lo que oye logra interesarla. De vez en cuando se acuerda de Poezón como si pensara en ella misma. Intuye que ahora él es parte de otra historia. Lo sabe entregado a la labor de hilar un tejido de neuronas que se orientan hacia la noche y sus murmullos, aunque limpio en su más prístina pureza. También él quiere estar disuelta en otras prisas: vagar, fluir, nacer tal vez, aferrarse a la velocidad de alguna idea sensitiva, perderse como quien se aleja detrás de un horizonte, o seguir siendo simplemente un sutil aliento confundido con la brisa. Piensa lo que quiere y lo decide: él también saldrá de su burbuja pero está convencido de que su sino no es mezclarse con la esencia de los humanos. El vacío no podrá nunca llenarse a sí mismo; ni lo lleno tendrá jamás otro final que su propia plenitud, de la misma manera en que la luz no acaba con la oscuridad, pues sólo de la fusión de los contrarios puede surgir lo nuevo. "Poezón se equivocó, pero, ¿qué otra cosa puede hacer? No es más que un triste poeta que confunde lo que siente con lo que piensa. En él, lo sutil predomina sobre lo necesario. En cambio, yo soy el que Soy. Si digo algo, ya está hecho: no necesito demostrarme".

Y pensando de este modo, Raesía cerró sus ojos y se quedó extático durante un tiempo imposible de medir en las unidades habituales. Ninguno de los contertulios sentados ante aquella mesa del Palacio de la Esquizofrenia se percató de lo que sucedía en el menguado fondo del vaso de cerveza del poeta Carlos Gómez. Ni siquiera él, que en ese momento se dejaba contar la triste historia de otro poeta también llamado Carlos Gómez, y pensaba en la posibilidad de que algo semejante le pudiera suceder a él. Y mientras él seguía el hilo de aquel relato, una constelación de burbujas iba tomando la forma de una estrella en el mismo fondo de su vaso, y luego la estrella se convertía en círculo, y luego el círculo cobraba forma de una bola, sí, una sola burbuja hecha de la fusión de muchas otras, la cual comenzó a danzar en el escaso margen de dos dedos de cerveza hasta que, en el preciso momento en que el poeta Carlos Gómez agarraba de nuevo su vaso para llevárselo a los labios, estalló sin hacer ruido, salpicándole levemente la nariz al susodicho, quien bebió de un solo trago el resto de cerveza que le quedaba, y, sin tener la más remota idea del insólito hecho que acababa de ocurrir, se pasó un dedo por la nariz y luego, con el mismo dedo, hizo una seña en forma de gancho a uno de los mozos para pedirle otra botella de cerveza.

El soplo de Raesía liberada por su propia voluntad de aquella burbuja autógena se coló entre los parroquianos como un destello de lucidez que los puso a pensar en cosas que nunca antes se les habían ocurrido. No obstante, tal vez por eso mismo, ninguno de ellos dijo nada.

Mientras tanto, Raesía se movía por debajo de los aleros de los edificios de la calle El Conde. Apenas se percibía su paso por aquellas zonas en el movimiento súbito de algunas hojas de papel que, de repente, se ponían a batir como si las hubiese golpeado la brisa. Mientras volaba, Raesía se concentraba tratando de encontrar la causa que debería provocar el efecto que a ella le hacía falta. En el mundo fenoménico, como en cualquier otro mundo, cualquier cosa es posible si se logran reunir las condiciones necesarias para su realización. Pero ella no quiere ser un cuerpo, tener dos manos y dos piernas. Sabe que ser perceptible es ser vulnerable en un mundo donde las miradas hace tiempo han perdido la razón. "Lo que necesito es una herramienta que me permita actuar en este mundo. Del resto me encargo yo", se dijo.

De repente, Raesía vio que un hombre vestido con una camisa blanca y corbata y pantalón negros barría delante de la puerta de una tienda levantando una gran cantidad de polvo que se acumulaba en tres montoncitos de forma irregular. "Cualquiera de estos da igual", se dijo Raesía, y el hombre elegido se quedó de repente tan tieso como el palo de escoba que él seguía sosteniendo entre sus manos. Acto seguido, parpadeó tres veces y, de la manera más natural del mundo, se quitó la corbatita, la arrojó a la calle, y luego tiró la escoba a un lado, haciendo que el palo golpeara levemente el cristal de la vitrina. Luego caminó hacia el área de caja, donde una señora que llevaba puesta una gran peluca negra refunfuñaba al teléfono cosas incomprensibles en un idioma que parecía árabe. El tipo se quedó mirándola a los ojos sin que ella se inmutara. Al cabo de varios minutos en esa posición, viendo que la señora no reaccionaba, el empleado tomó el aparato telefónico de encima del mostrador, apretó con su índice izquierdo el botón obturador y lo mantuvo apretado mientras decía en la misma lengua que hablaba la señora:

—Dígale a su marido que acabo de renunciar y que, si me vuelve a ver, mejor será que olvide que alguna vez me conoció.

La señora de la peluca se quedó boquiabierta y tan pálida que parecía una estatua de cera virgen. Al cabo de varios segundos, mientras veía alejarse a su empleado por la puerta de su negocio, marcó varias veces un mismo número telefónico, pues los nervios le impedían hallar los dígitos correctos en el teclado. Cuando finalmente logró comunicarse, dijo:

—Santiago acaba de renunciar y se ha marchado. Sí, renunció y, ¿sabes qué? Me lo dijo en turco. ¿No te jode? ¿Tú sabías que este tipo hablaba turco y no me lo habías dicho? ¿Pero cómo qué tipo? ¿Ya no te acuerdas de Santiago, tu empleado desde hace siete años?

Aquello no se detuvo allí. Apenas salió a la calle, Santiago entró en una tienda de ropa exclusiva para caballeros. Cada uno de sus movimientos parecía haber sido cuidadosamente ensayado. Sin vacilar un instante, se dirigió hacia la zona de la tienda donde se exhibían numerosas camisas europeas en lino y algodón egipcio. Eligió cuatro y luego se dirigió al área de pantalones. Seleccionó el mismo número de piezas y, en el momento en que se dirigía al área de zapatería, una joven y bella mulata se le acercó y le dijo en voz alta:

—¿Pero tú no eres Santiago, el que trabaja en la tienda de allí enfrente? ¿Y qué pasó? ¿Te sacaste la lotería o...?

La joven no pudo terminar de hablar. Sólo miraba fijamente los ojos de Santiago. Luego le dio la espalda y se alejó de allí como si nada hubiese pasado.

Cuando Santiago hubo terminado de reunir todas las piezas de vestir que necesitaba, pidió hablar con el gerente de la tienda, quien apareció al cabo de cinco minutos con cara de asombro en el área de pago. Desde que lo vio acercarse, Santiago lo miró fijamente y cuando lo tuvo cerca le dijo:

—Necesito que me des las llaves de tu carro y que me digas dónde lo tienes estacionado para llevarme esto.

El gerente metió la mano en uno de los bolsillos de su pantalón y luego le dio a Santiago un llavero del que colgaba, a manera de adorno, una plaquita con la inscripción "Real Madrid", diciéndole:

—Es un Alfa Romeo color rojo fuego. Está en el segundo nivel del Parqueo Conde, a dos esquinas de aquí.

Santiago tomó las bolsas con los productos que había seleccionado y luego salió a la calle sin ser molestado. Una vez en el estacionamiento, fue directamente al segundo nivel. Metió los paquetes en el portaequipajes y luego subió al vehículo. Con el motor en marcha y las luces encendidas, buscó el camino de la salida. Al llegar a la garita donde lo esperaba el guardián, bajó la ventanilla para escuchar lo que este le decía.

—Buenas tardes, señor. ¿Usted tiene el tiquecito?

Santiago lo miró y el guardián se quedó inmóvil durante unos segundos. Luego parpadeó tres veces, y finalmente regresó como si nada a su garita, desde donde accionó el botón del brazo mecánico para dejar salir a Santiago.

Dos horas después, Santiago está instalado en el *penthouse* de uno de los edificios de apartamentos de la avenida Anacaona. Tendido sobre la cama completamente desnudo, contempla un cuadro del pintor Ramón Oviedo que cuelga de la pared contraria, mientras Raesía satisface finalmente su sed sorbiendo literalmente toda la savia de su cuerpo.

Después de aquel escabroso festín, Raesía limpió con la lengua las sobras que habían caído sobre la sedosa sábana que cubría la cama sobre la cual Santiago dormía ahora profundamente. "¿Qué es lo próximo?", se preguntó Raesía, y luego cerró los ojos y comenzó a leer en el Libro de los Tiempos. Cuando terminó, Santiago ya se había despertado, pero permanecía acostado en la misma posición en la que se había quedado dormido. Raesía brotaba en ese momento como un capullo en el aire, y casi se le podía sospechar en la distorsión que parecía producir a su paso en la apariencia de las cosas que había en aquella habitación. De todas maneras, eso ya no tenía ninguna importancia. Miró a Santiago y este se incorporó sobre la cama como movido por un resorte. Se dirigió al cuarto de baño, donde se rasuró, se bañó y luego regresó a vestirse con las nuevas ropas que se había procurado. Luego se dirigió al estudio que había en aquel apartamento y se puso a redactar un correo electrónico que dirigió a unas veinticinco direcciones. Finalmente, se dirigió hacia la puerta y, luego de cerrar con triple llave, se introdujo en el ascensor para de allí dirigirse al estacionamiento en busca de su Alfa Romeo.

En su vida anterior, Santiago no sabía conducir ni automóviles, ni motocicletas ni ningún otro tipo de vehículos de motor. Ahora se movía por la avenida sin llamar la atención de nadie, excepto por el hecho de que respetaba todas y cada una de las reglas de tránsito, lo cual, en una ciudad como Santo Domingo, es más peligroso que manejar a toda velocidad con los ojos cerrados. Cuando llegó a la cadena de televisión, colocó su vehículo en un lugar del estacionamiento que tenía el rótulo PRIVADO: GERENTE DE PRODUCCIÓN. No había dado dos pasos cuando escuchó la voz de un guardián que le decía: "¡Señor, eh, señor!" Al darse vuelta, vio que aquel tipo le indicaba con el dedo otro lugar donde podía aparcar sin problemas. No obstante, se limitó a dirigirle una mirada y el tipo en cuestión reaccionó de la misma manera en que los demás lo habían hecho durante la mañana. Caminó hasta la puerta principal y fue recibido por dos agentes de seguridad uniformados a quienes trató del mismo modo, obteniendo un resultado idéntico a las ocasiones anteriores. Fue así como logró continuar avanzando hasta llegar a la cabina número dos, donde, a esa hora, estaban transmitiendo el noticiario televisivo de aquel día. Empujó la puerta, entró y siguió caminando hasta llegar al campo visual del camarógrafo número cuatro, quien quiso hacerle una seña antes de que él le dirigiera una de sus miradas. Ya nada le impediría lograr su objetivo. Todavía, no obstante, necesitaba convencer a la hermosa presentadora de noticias que leía en ese momento un parte relacionado con los acontecimientos ocurridos aquella mañana en San Cristóbal, "donde un poderoso ataque terrorista destruyó completamente uno de los últimos símbolos de la dic..."

La presentadora no pudo continuar leyendo el texto del *prompter*, porque, en ese mismo momento, Santiago la miró. De inmediato, ella se puso de pie, justo frente a la cámara uno, la cual continuaba transmitiendo cuando Santiago se colocó él mismo el micrófono que la joven le acababa de dar y luego permaneció en un silencio hierático mirando fijamente las cámaras dos y tres, las cuales se habían colocado una al lado de la otra.

Mientras esto ocurría en el estudio, algo muy extraño sucedía en la cabina de control, donde, uno tras otro, los operadores, productores, analistas y el resto del personal técnico abandonaron sus tareas habituales y comenzaron a establecer contacto con todas las emisoras de radio y televisión del país con el propósito de establecer una cadena para la cual nadie había tomado ninguna disposición. Las protestas que generaban aquellas sesiones de los operarios terminaban extrañamente inmediatamente después de que los interlocutores aceptaban sintonizar el canal donde la cara de Santiago aparecía en plano americano, con la vista fija en un punto impreciso. Una tras otra, las demás estaciones de televisión comenzaron a retransmitir en diferido la señal de la emisora, y en poco menos de veinte minutos, en todos los canales dominicanos de televisión sólo aparecía el rostro de Santiago, quien continuó esperando en silencio y sin parpadear durante otros quince minutos. Al cabo de ese tiempo, Santiago parpadeó tres veces antes de ponerse de pie para abandonar la cabina con la misma naturalidad que había entrado.

Media hora después, las consecuencias directas de aquella breve aparición de Santiago en la televisión comenzaron a quedar expuestas en la forma de una sucesión de declaraciones que, una tras otra, fueron haciéndose públicas por los medios más disímiles. Lo más curioso de todo fue que, aunque Santiago no dijo una sola palabra mientras estuvo ante las cámaras, todas y cada una de las personas que se encontraban frente al televisor creyeron ver y escuchar que pronunciaba un discurso de cuyo contenido, sin embargo, nadie pudo retener ni siquiera la idea central. Peor aún, al examinar los 15 minutos y 47 segundos que duró la aparición de Santiago a partir del momento en que se estableció la retransmisión en cadena, los técnicos se percataron de que, real y efectivamente, aquel individuo no había abierto la boca en ningún momento, a pesar de que ellos mismos estaban seguros de haberlo escuchado hablar e incluso habían aplaudido efusivamente sus palabras en numerosas ocasiones. La ola de confusión que suscitó aquella inexplicable superchería se hizo evidente en las redes sociales, donde comenzaron a circular toda suerte de comentarios. Algunas personas hablaban de hipnosis colectiva, mientras otras, que evidentemente no habían estado ante el televisor, se burlaban de todo aquello refiriéndose a Santiago en términos de "burundanga mediática".

La imparable catarata de *posts* que se sucedían los unos a los otros en las redes sociales fue la medida de la trascendencia que había logrado acumular Santiago con su aparición en la televisión. En el curso de las primeras tres horas después de la emisión, más de doscientas mil personas replicaron el videíto en que aparecía la cara de Santiago mirando fijamente hacia adelante, y en todo el país sólo se repetía una pregunta: *¿Quién es ese tipo y porque lo presentaron en televisión?*

La respuesta parecía estar resumida en el correo electrónico que Santiago había enviado aquella tarde minutos antes de salir hacia el canal de televisión y que fue recibido simultáneamente por veinticinco destinatarios, todos ellos periodistas, con el siguiente mensaje: "Me llamo Santiago Rael Lear y tengo un mensaje importante para todos los habitantes de este país. Esta noche a las siete, durante el noticiero televisivo. Cualquier canal". Eso fue todo, pero, ¿fue eso todo, realmente? Los periodistas que recibieron el mensaje fueron los únicos que recordaron el supuesto discurso de Santiago. Sus reseñas del mismo aparecieron en las ediciones de los matutinos y vespertinos del día siguiente, y en todos se destacaban citas textuales y fragmentos de aquella imaginaria alocución. Sólo uno de esos reportajes, aparecido en el vespertino gratuito *La Tarde Libre,* daba cuenta de la "extraña ausencia de audio tanto en el video de 15 minutos de la cadena televisiva donde se originó la señal matriz como en los de las demás que teledifusoras que la retransmitieron". Según la autora de este reportaje, la periodista Clara Ausencia Reyes, el discurso de Santiago constituía una verdadera pieza de antología. "La pertinente selección de los ejemplos con los que el orador ilustró diversos pasajes de su discurso revelan su excelente dominio de la psicología del pueblo dominicano", escribió Clara Ausencia. "No sólo fue capaz de desmontar el discurso oficial en torno al conflicto entre los mineros y las masas irredentas que integran el "Ejército Popular", como ya comienza a conocerse a los grupos armados que combaten en las escarpadas montañas del Baoruco en defensa de sus tierras, sino que señaló de manera clara y directa los nombres de los principales responsables de esta situación: en primer lugar, el Dr. Aníbal Augusto Servilló, presidente de la República, a quien acusa de complicidad, de negociar unilateralmente con el patrimonio nacional, de traición a la patria, de prevaricación y de abuso de confianza. En segundo lugar, el orador acusó a los representantes de la Compañía minera transnacional Mindmine de falsificación de documentos, de sobornar a funcionarios públicos, de violación de los terrenos contractuales, de crimen contra la Humanidad, de asociarse con malhechores y de atentar contra la seguridad del Estado. La tercera acusación recayó sobre los senadores de las provincias de Pedernales, San Juan de la Maguana, Azua, Baní y San Cristóbal, por haberse prestado al juego de corrupción que condujo al actual enfrentamiento bélico. El señor Santiago Rael Lear, quien dijo ser dominicano, era un perfecto desconocido hasta la noche de ayer a las siete, y muy probablemente lo seguirá siendo, si los infames servicios de ocultación y desinformación a que nos tiene acostumbrados el Estado dominicano hacen de nuevo lo mismo de siempre. De hecho, ya han comenzado. La "desaparición" del audio de la grabación en cuestión no es más que el principio. El próximo paso será intentar convencernos de que el discurso jamás se realizó".

Como era de esperar, las redes sociales fueron el epicentro de un gran revuelo en torno al reportaje de Clara Ausencia. En cuestión de horas, una verdadera avalancha de comentarios cada vez más subidos de tono intentaban, ora completar el texto de la periodista, ora desmentir lo que, según esta, había dicho el misterioso orador. Uno de estos, en particular, escrito por el usuario que firmaba con el seudónimo @*locriodekriptonita*, afirmaba que, aunque no recordaba una sola de las palabras que había dicho el misterioso orador, estaba casi seguro de que el suyo es un mensaje de amor y de paz, pues "de otro modo nadie le habría dado tanta importancia". "Idiota", replicó otro comentarista inmediatamente después, "lo que está pasando en este país ya no se arregla con buenas intenciones. El diablo ha construido aquí una pileta para ahogarnos en agua bendita. Arrepiéntete, que tu fin ya está cerca".

Pero la gota que derramó el vaso fue la publicación en el *Listín Diario* de un extenso ensayo en torno al discurso de Santiago firmado por el doctor Sócrates Diesel, médico psiquiatra, para quien, en primer lugar, la aparición pública de Santiago era un síntoma, y su discurso, en segundo lugar, era la manifestación de un síndrome. "Saber si el síntoma remite a o revela el síndrome es imposible, dado el hecho de que nadie recuerda lo que dijo el señor Rael Lear. Pero la psiquiatría nos enseña que el olvido colectivo es un mecanismo de defensa del pensamiento. ¿Se olvida el mensaje, pero se recuerda o se reconoce al mensajero? Hay aquí mucha tela por donde cortar..."

Ninguno de estos comentarios logró atraer la atención de Raesía. En cuestión de horas, había logrado producir una conmoción tan fuerte en el seno de la sociedad dominicana que esta se había polarizado en dos bandos antagónicos hasta la violencia, enfrentando hermanos contra hermanos, padres contra hijos, curas contra su feligresía y amigos contra amigos. A todo eso, no obstante, vale la pena agregar que Raesía apenas estaba dando inicio a su verdadero plan.

CINCO

1. El problema de Poezón.

Poezón también estaba frente al televisor en el momento en que Santiago hizo aquella extraña aparición, pero, a pesar de que la forma humana que ocupaba se hallaba en permanente estado de gracia, su reacción fue totalmente distinta a la de los millones de telespectadores comunes, ya que, apenas terminó aquella transmisión, el hermoso cuerpo de mujer que habitaba Poezón comenzó a comportarse de manera errática: se alzó la falda hasta la cabeza, se puso en cuatro patas y comenzó a pronunciar sílabas extrañas. Afortunadamente, Poezón pudo reasumir el control de aquel cuerpo antes de que alguien más aparte de él se diera cuenta de que, bajo la influencia de Santiago, aquella joven estaba literalmente crepitando de lujuria.

Desde la tarde en que Poezón se introdujo en aquel cuerpo había tenido que esforzarse para controlar las enormes apetencias sexuales producto de la presencia contingente de su ser junto al de aquella joven. Poezón podía tener acceso a los recuerdos de ella, y fue así como logró aplacarla: fabricó mentalmente varias secuencias mnémicas que le permitieron presentar cada nuevo brote de deseos como si se tratara del recuerdo de un acto ya realizado. Ahora bien, el cuerpo de aquella joven no deseaba nada aparte de su propio deseo. Deseaba desear, y esa fruición contaminaba y se multiplicaba por sí misma al acoplarse con el flujo de conciencia del mismo Poezón.

Este era, pues, el problema de Poezón: al entrar en contacto con la carne humana, su conciencia asumía todas las cargas (eléctricas, mentales, estáticas, dimensionales, etc.) que determinan el haz de la existencia mortal. Y como ya no era solamente un "cuerpo ajeno" eso que se movía por mandato de su voluntad, sino que compartía con dicho cuerpo tensión, extensión, intención y contención, tampoco eran "ajenos" aquellos mandatos de la atracción universal de los cuerpos, sino que participaba de ellos casi como si fueran el producto de su propia experiencia. Ahora bien, cada deseo de aquel cuerpo disminuía en cierta forma la potencial eternidad de Poezón: todo su espíritu luchaba constantemente contra aquella carne juvenil que lo contorneaba y que le permitía asegurar su presencia en este plano terrestre. En pocas palabras: para Poezón, vivir, es decir, aceptar las reglas que rigen la existencia humana, era equivalente a suicidarse.

En esas condiciones, Poezón optó por establecer un nuevo tipo de contacto con aquel cuerpo, envolviéndolo como un halo invisible en un perímetro sutil que lo cubriera y le permitiera estar pero no ser ese cuerpo. Arropado de este modo por el aura de Poezón, el cuerpo de la joven pudo dedicarse cuantas veces quiso al secreto encanto del autoerotismo, actividad que alternaba con la lectura y escritura de poemas en una prosa que parecía tallada en espuma. Poezón disfrutaba enormemente de todo lo que brotaba de manera casi espasmódica de las manos de aquel cuerpo y sólo a veces, porque sí, se permitía susurrarle al oído frases tan bellas que ella, como movida por un resorte, detenía de repente sus caricias y se iba en busca de su cuadernito, donde las anotaba con una letra primorosa antes de regresar al delirante encuentro de sus dedos con ella misma.

Poezón estaba convencido de que había encontrado un punto de equilibrio entre su ser y el de la joven poeta cuando Santiago apareció en la televisión. En ese momento, creyó haber perdido el control de su huésped, de manera que optó por convertirse en un arete y se colgó de la oreja izquierda de la joven. Desde allí lanzó un sonido trascendental que taladró un conducto microscópico a través del tímpano hasta llegar a la glándula pineal. Allí se dedicó a sintetizar ciertas dosis adicionales de la hormona del sueño, lo cual le permitió hundir a la poeta en un estado hipnótico que favoreció la paulatina reubicación de los diferentes planos de su realidad. No estaba ajeno, sin embargo, al hecho de que la verdadera causa del estremecimiento que había sumido a la joven en semejante descontrol sólo podía deberse a la influencia de Raesía en alguno de los incontables arcanos del mundo posible. Tener un hermano gemelo no se compara con el hecho de ser un espíritu gemelo, y mucho menos con ser la parte contradictoria de un mismo ser dividido en dos mitades idénticas y enemigas. Simultáneamente únicos y contradictorios, tanto Poezón como Raesía eran capaces de intuirse mutuamente sin dejar de ser ellos mismos, y esta propiedad constituía la esencia misma de su indiscutible complejidad.

Lo que menos importaba era la causa profunda que motivaba aquel nuevo episodio de convergencia entre su ser y el de Raesía: sabía que era tan inevitable como el hecho de que un día tendría que dejar de ser él y Raesía para retornar a su primitivo estado: Razón y Poesía, dos instancias antagónicas condenadas a enfrentarse en una lucha a muerte: Razón = Tiempo; Poesía = Eternidad.

2. Sembrar en el viento.

Luego de tres años de difícil convivencia, durante los cuales el Despellejado dejó pasar varias ocasiones para separarse definitivamente de la Mujer Caribeña, Matilde dio a luz una niña auténtica, o mejor dicho, el fruto de un verdadero embarazo suyo, hasta donde tal cosa pueda ser comprobable tratándose de alguien como ella. Vale aclarar que no es totalmente correcto decir que "dio a luz", ya que todo el mundo sabe que, en la República Dominicana, la cesárea es de rigor, a menos que la paciente, su marido, cinco policías y tres abogados obliguen al hospital y a los médicos, acto de alguacil mediante, a permitirle ejercer su derecho a parir de manera natural. Pero esa es otra cuestión. El caso es que la niña nació en la ciudad de Santo Domingo, y que, como si fuera poco, dos años después, otra niña nació en circunstancias parecidas, esto es, hija del mismo vientre que había traído al mundo a la primera, siendo esto, como se verá a continuación, lo único que se puede afirmar a ciencia cierta acerca de este caso.

El nacimiento de la primera niña tuvo lugar en circunstancias sumamente incómodas para ambos, ya que el Despellejado se encontraba desde hacía dos años en España realizando unos estudios de especialización y, en todo ese tiempo, sólo había regresado en dos ocasiones al país. Cualquiera que conociera lo sucedido en las ocasiones anteriores en que la Mujer Caribeña había jugado con la idea de que estaba embarazada podría imaginar la reacción del Despellejado al enterarse de la noticia por la propia Matilde, en el curso de una llamada telefónica trasatlántica. "¡Vamos a tener un bebé!", le dijo ella con aquella voz estremecida por la emoción que desde hacía tiempo le había comenzado a sonar al Despellejado tan falsa como una papeleta de siete pesos con cincuenta centavos. "¡No me digas!", le respondió él, y agregó: "¿Y cuándo te enteraste?" "Hace dos semanas. Tengo siete de retraso. Primero me hice la prueba de farmacia y luego fui a ver al ginecólogo quien me lo confirmó. No te había llamado antes para no perturbarte en tus estudios. Yo sé que estás trabajando muy duro. Ahora tendrás que esforzarte más para que tu hijita esté orgullosa de ti". "¿Hijita? ¿Y ya sabes el sexo? Sólo tienes dos meses y una semana de retraso..." "No importa. Yo sé que será niña: ella me lo dijo". "Ah, bueno. Pues si es así... me parece muy bien". "Oye, ¿no te alegra saber que serás papá?"

Un año después, el Despellejado regresó definitivamente de su viaje de estudios. En son de broma, sus amigos comenzaron entonces a decirle que él "había pasado por España, pero que España no había pasado por él". Tal vez esperaban que él volviera de Europa convertido en otro de esos semidioses que no se acuerdan de nadie a quien hubiesen conocido antes de su viaje. Quizás solamente no esperaban que volviera, como tantos otros dominicanos que se marchan con pasaje de ida y vuelta y se las arreglan para perder su billete de regreso en algún zaguán o en alguna buhardilla ajena, de donde saldrían convertidos en algo así como simples esperpentos apátridas. O muy probablemente no esperaban ni pensaban nada de eso, y solamente se entregaban al inveterado arte de la burla, la más definida de todas las actitudes socioculturales comunes a todos los pueblos del Caribe.

Fue particularmente al retornar a sus clases en la UASD cuando el Despellejado comprendió la verdadera amplitud del error que había cometido al irse a estudiar a España. "¿Para qué me fui a pasar trabajo fuera de aquí, si no me valdrá de nada todo ese esfuerzo, si este país no necesita profesores capacitados, si aquí no hay manera de aplicar lo que se ha aprendido en ninguno de los terrenos donde la investigación y el análisis puedan encontrarse con la crítica y el diálogo?" Agobiado por las duras circunstancias en que tenía que desempeñar su labor docente viajando a las antenas que la Universidad tenía en varias provincias del interior, compartió en numerosas ocasiones sus reflexiones personales con otros profesores que, como él, viajaban en el autobús hacia sus respectivos centros de trabajo, quienes lo miraban con pena como si fuese un marciano y quienes, después de escuchar sus quejas, le decían: "No se apure, académico, que eso no é ná... Deje que usted se acoteje con una tierrita de por aquí y usted verá...". El Despellejado los dejaba hablarle de esa manera sin evitar que sus pensamientos fueran a recalar inevitablemente en el recuerdo de lo que su unión con la Mujer Caribeña había hecho con su vida, lo cual terminaba de llenarlo indefectiblemente de pesadumbre...

Mientras se debatía en medio del marasmo existencial que le producía su insatisfacción con las circunstancias en que tenía que desarrollar su vida intelectual y profesional y la permanente constatación de la terrible mediocridad en que se hundían todos sus esfuerzos de superación, Matilde volvió a sorprenderlo al anunciarle que estaba nuevamente embarazada.

A diferencia de la primera vez, en esta ocasión intentó simular alegría al escuchar la noticia. "¿No me digas, mi amor? ¡Qué linda noticia! ¿Y cómo te sientes?" Matilde se quedó mirándolo en silencio durante unos instantes. Parecía perpleja ante aquel inusitado despliegue de cariñosa alegría. "¿No me vas a preguntar nada más?", le dijo. "¿Cómo así?" "No sé. ¿No te sorprende que esté embarazada?" "Claro que no. Estamos casados, después de todo. Además, como tú no trabajas, puedes dedicarte a criar tus hijas decentemente". Los ojos de Matilde se llenaron de furia. "¿Te das cuenta de lo que me estás diciendo? ¿Piensas que voy a pasarme la vida criando muchachos? ¡Yo también quisiera tener una vida profesional! Para eso fue que estudié". "Bueno, pero, si es así, ¿para qué te pusiste a parir? No es solamente mi culpa..." "¡Ahí vienes otra vez con lo de la culpa! ¿Todavía no te diste cuenta de que no se resuelve nada buscando al culpable?" "Bueno, está bien, pero dime al menos qué sugieres que hagamos. Te he mencionado en varias ocasiones todas las posibilidades que tienes, pero tú nunca has querido hacerme caso". "Lo que pasa es que estaba esperando que Albania creciera. Pero ahora tendré que buscarme una niñera, porque lo que soy yo no me voy a chupar otros tres años cambiando pañales y lavando sábanas meadas".

La mañana en que nació Giovanna, el Despellejado sintió una descarga de alegría que nunca olvidaría. Había esperado durante meses aquel momento, planificándolo todo él mismo: asumió personalmente la tarea de pintar y decorar la habitación de las niñas; compró una cuna nueva, luego de descartar, por encontrarla vieja y fea, la que Albania había ocupado cuando nació; el carácter le cambió, y todos sus relacionados comenzaron entonces a burlarse de él diciéndole que no lo tomara tan a pecho, porque la que estaba embarazada era Matilde. "Los hijos sólo tienen madres, no padres", le decían, pero a él no le afectaban aquellos comentarios. Antes al contrario, prefirió tomarlos como la prueba de que estaba haciendo lo correcto. "Tengo que demostrarle a Matilde lo equivocada que está", se decía antes de verle la cara al nuevo fruto de su matrimonio. Sí, porque el descubrimiento de lo que en aquella ocasión Matilde había traído al mundo volvió a sembrar la angustia como una estaca en medio de su conciencia.

Giovanna era una hermosa niña que pesó siete libras y media a la hora de nacer, pero lo más coqueto de todo era la densa mata de cabellitos rubios y lacios que se le arremolinaban en la coronilla de su cabecita como un capullito de nardos. "¡Y hasta tiene los ojos verdes!", decían las enfermeras que iban a contemplar el milagro de aquella niña rubia que le había nacido a una señora de piel mulata, una india entre comillas. Como el Despellejado, dicho sea de paso...

3. Santiago va a Santiago.

Un s.u.v. Nissan de color dorado se hallaba estacionado en el interior del recinto de la fortaleza militar General Fernando Valerio, en la carretera Juan Pablo Duarte, cerca de la entrada a Santiago de los Caballeros. Inmediatamente después de su llegada, los ocupantes de la yipeta habían convocado a una reunión urgente con algunos integrantes del alto mando militar y policial de todo el país, quienes fueron llegando uno tras otro en helicópteros y vehículos fuertemente escoltados. El general de brigada Sergio Anubis Pantaleón, jefe de puesto de la fortaleza, fue invitado cortésmente a presidir la reunión, aunque evidentemente, la dirección de la agenda le correspondió de manera exclusiva al Secretario. A las 7:30 de la noche, cuando los tres invitados se hallaban ubicados en sus respectivos asientos ante la mesa de reuniones del salón habilitado para esos fines, el Secretario extrajo de su portafolios una memoria USB y la insertó en su *laptop* personal con el propósito de dar inicio a la reunión.

—Señores —dijo—, quisiera pedirles que observen atentamente este mapa, ya que los datos a partir de los cuales ha sido elaborado son vitales para entender la situación por la que atraviesa hoy el país. En primer lugar, noten las ubicaciones destacadas en color rojo: se trata de los yacimientos de cobre y ferroníquel recientemente detectados por el nuevo satélite de exploración geológica de la NASA en una franja de 364 km a lo largo de la Sierra de B. Las zonas destacadas en color amarillo, diseminadas en un campo de 1 347 km a lo largo de nuestra cordillera central y del Massif du Nord haitiano, corresponden a yacimientos de oro y plata y sulfuros. Los espacios de color grisáceo indican minas de bauxita, feldespato y silicato de hierro; los azules, minas de sal. Todos esos yacimientos tienen en común el hecho de hallarse profundamente enterrados en el subsuelo de nuestro país, razón por la cual han permanecido todo este tiempo lejos de la codicia de países, corporaciones y personas particulares. Recientemente, sin embargo, varios grupos empresariales extranjeros, entre los cuales, el principal es la Mindmine & Co., obtuvieron permisos de explotación en virtud de que alegan haber desarrollado una nueva tecnología de extracción minera poco lesiva para el ecosistema y, sobre todo, capaz de operar con un mínimo de mano de obra humana. Esto, que debería constituir una verdadera razón para alegrarse, ha provocado, sin embargo, una nueva confrontación entre los sectores poderosos de la economía transnacional que intervienen de manera directa en la política dominicana: el sector del turismo y el sector de la minería. Como ya todos ustedes saben, esta confrontación ha cobrado ya numerosas víctimas civiles y militares en distintos lugares del país. Esta mañana, mi equipo y yo hemos escapado de milagro a un atentado con misiles que ha borrado del mapa la Casa de Caoba de Trujillo. Ahora bien, se preguntarán ustedes, ¿todo esto es a causa de unas cuantas minas cuya explotación ni siquiera ha demostrado ser viable? Pues no, señores, la verdadera razón de este lío se debe a que, al parecer, un satélite alemán ha detectado con precisión la ubicación de un extenso yacimiento de uranio debajo de la cordillera que atraviesa el centro de nuestra isla. Los informes que he recibido hasta ahora no dejan espacio para la duda: los intereses de los grandes grupos económicos están empeñados en disolver tanto a la República Dominicana como a la República de Haití, propiciando primero un gran conflicto entre las dos naciones y luego reubicando a los remanentes de la población de ambos países en distintas localidades del globo. Una vez que la isla esté deshabitada, el plan es convertirla en una central atómica que suministre energía barata al resto del hemisferio. Esos planes ya han sido puestos en funcionamiento, y el Estado dominicano atraviesa hoy por la más peligrosa de todas las crisis que lo han estremecido desde su fundación. El ataque de hoy contra el Palacio Nacional no es más que el golpe inicial de esta marginación: el plan es descabezar al poder político dominicano, provocar un escenario que será presentado a la prensa internacional como una estampida de hordas migratorias provenientes de Haití, cuando en realidad lo que habrá será una invasión de grupos armados disimulados y, una

147

vez aquí, dar inicio a una guerra de guerrillas que empujará a nuestro ejército a tomar represalias hasta forzar a la comunidad internacional a "tomar medidas" como las que he mencionado antes, una vez realizada la matanza producto de la guerra. Algo sumamente importante que todos ustedes deben saber es que la puesta en ejecución de este plan sólo ha sido posible gracias a la colaboración y la traición de numerosos agentes del Estado y de la sociedad tanto en la República Dominicana como en Haití. La situación ha llegado a tal punto de que, por lo menos en nuestro caso, en estos momentos, los traidores son más numerosos que los leales a las ideas de nación y patria, dominicana o haitiana, lo mismo da... Es muy probable incluso que aquí mismo, entre nosotros, haya personas capaces de intentar sacar provecho a cualquier precio de la herencia que hemos recibido de los fundadores de nuestra nación...

Al llegar a este punto de su disertación, el Secretario guardó silencio. En ese momento, una mano femenina se levantó: la de la generala Máxima Sufragia Busconi, comandante del Cuarto Batallón de Infantería de la Región Norte.

—Señor Secretario, respetuosamente, quisiera ante todo felicitarlo por su magnífica exposición —dijo la militar—. Sin lugar a dudas es usted alguien que se sabe expresar muy bien, por lo que, aprovechando este hecho, y dado que todos los que lo escuchamos pertenecemos a uno de los distintos organismos castrenses de la República Dominicana, quisiera preguntarle por qué debemos creer que su intención es la de proteger los intereses de la nación, siendo usted un civil a quien, por lo demás, como político, se le puede imputar de alguna manera buena parte de la responsabilidad de que nos encontremos ahora, como país, ante las puertas de la disolución de nuestra nación.

El Secretario se quedó mirando fijamente a la generala Busconi. Sabía que de la manera en que respondiera su pregunta dependería el apoyo que pudiesen brindarle aquellos militares.

—La verdad es, generala —dijo al cabo de algunos segundos— que soy yo quien debería hacerse esa pregunta, precisamente por no ser militar como ustedes. Sin embargo, en estos momentos por los que atraviesa el país ya no hay lugar para más confusiones: la duda y la desconfianza suelen ser máscaras que disimulan la cobardía, y de lo que les estoy hablando es de una guerra. Ustedes tienen todo el derecho de dudar y desconfiar de mí, pero deben tener bien claro que ni es a mí a quien deben creer ni es lo que yo diga lo que tienen que defender, sino a ustedes mismos: ¡Ustedes son el brazo armado de la República Dominicana, pero no deben perder de vista el hecho de que, en todas las ocasiones en que nuestro pueblo se ha visto amenazado en el pasado, ha sido el mismo pueblo quien ha tenido que salir a defenderse con ayuda o sin ayuda de los militares! Después veremos, cuando resolvamos este problema, lo que se hace con nuestros políticos, incluyéndome a mí. Pero, por el momento, aunque sé que no soy el primero en pensarlo, por lo menos soy hasta ahora el único político dominicano que ha dado la voz de alerta. Lo que viene para encima de nosotros ya está aquí y tenemos que prepararnos para defendernos antes de que nos aplasten como cucarachas…

—Señor Secretario —preguntó entonces el general Melenciano Angurrio—. El cuadro que usted ha descrito es el de una agresión internacional, y usted sabe que existen protocolos y acuerdos regionales de los que nuestro país es signatario que han sido diseñados precisamente para casos como este. ¿Qué se ha hecho para alertar a la comunidad internacional en ese sentido?

Nuevamente, el Secretario guardó silencio antes de responder.

—General —dijo—, por formación y por convicción, soy un defensor de las soluciones institucionales, siempre que

149

haya manera de hacer prevaler el derecho sobre cualquier otro tipo de acción. Pero el caso es que el palacio de gobierno dominicano ha sido destruido hoy mismo por un ataque con misiles, y se me ha informado que hay otros importantes centros del poder político y militar bajo amenaza. Estas agresiones están ocurriendo precisamente a pesar de la existencia de esos acuerdos a los que usted se refiere, y sobre todo, en nuestro territorio, donde prevalecen, como usted sabe, las leyes y la constitución de la República Dominicana sobre cualquier otro tipo de legislación. Afortunadamente, la vida del señor presidente está fuera de peligro, y él debe estar tomando a estas horas las medidas necesarias para enfrentar esa situación. Sin embargo, tanto el Ministro de las Fuerzas Armadas como el general Lagoma aquí presente y yo hemos sido comisionados para organizar, en la medida de lo posible, las acciones que debemos tomar en lo que se inician las negociaciones internacionales. ¿Alguna otra pregunta?

En el mismo momento en que el coronel Rafael Antonio Romano, comandante del primer batallón de paracaidistas de la Fuerza Aérea levantaba la mano, un edecán se le acercó sigilosamente al general Sergio Anubis Pantaleón para susurrarle al oído una comunicación aparentemente importante, pues el militar se puso pálido, miró al Secretario y agitó unos papeles que tenía sobre la mesa antes de decir con voz trémula y aflautada:

—¡Señores, con su permiso, me informan que el señor presidente de la República acaba de llegar!

Un rápido cruce de miradas entre todos los que se hallaban reunidos en torno a aquella mesa antecedió el momento en que los presentes se pusieron de pie con pasmosa sincronía para ir juntos hasta la puerta del salón y de allí al patio de la fortaleza, donde el helicóptero del presidente aterrizaba en ese preciso momento.

Desde que en el lugar corrió la voz sobre la identidad del

viajero que había llegado en aquel helicóptero, un impresionante despliegue de actitudes y gritos marciales comenzó a estremecer todos y cada uno de los rincones del recinto. En menos de cinco minutos, cerca de doscientos soldados, hombres y mujeres, se hallaban formados en el patio de la fortaleza para rendirle honores al comandante en jefe, quien no abandonó ni un instante el apretado círculo de agentes del Escuadrón de Asuntos Especiales que lo rodeaba hasta que escuchó el grito de "¡Atención, saludo al comandante, firmes!" Sólo en ese momento, haciendo una señal a la gente que tenía frente a él, aquel a quien todos los soldados consideraban como la fuente de la que emanaban honores y deshonras, algo así como un príncipe o un rey sin corona, comenzó a caminar lenta y tímidamente frente al pelotón que permanecía estático ante su mirada acerba. Y fue precisamente en el momento en que se encontraba a punto de estrechar la mano del general Sergio Anubis Pantaleón cuando, como si acabara de salir de un prolongado sueño, Santiago se puso pálido y, lanzando una mirada perdida a su alrededor, comenzó a gritar:

—¿Qué es esto? ¿Dónde estoy? ¿Quién me trajo hasta aquí?

Al principio, ninguno de los allí presentes supo qué debía hacer, ni siquiera el Secretario. Casi un minuto después, el general Pantaleón, gritó:

—¡Apresen a este hombre inmediatamente, coño! ¿Quién es usted y dónde coño está el presidente?

Fue sólo cuando lo vieron esposado y cabizbajo que un grupo de soldados logró reconocerlo. Un murmullo comenzó entonces a recorrer las filas: *¡Sí, es él, es el! ¡Ese es el hombre que salió el otro día por la televisión!*

4. El interrogatorio.

SIETE PERSONAS, SEIS HOMBRES Y UNA MUJER, rodeaban al sospechoso esposado sobre quien se clavaban al mismo tiempo por lo menos once pares de ojos, contando los de los cuatro guardias fuertemente armados ubicados en parejas al lado de la única puerta de aquel salón sin ventanas. El individuo que estaba sentado al otro lado de aquella gran mesa de patas metálicas de color gris y superficie de caoba parecía ahora tan indefenso como el simple vendedor de la zapatería "Los Enllaves" que había sido durante los últimos siete años. Tanto su actitud corporal como la expresión de su rostro delataban el sentimiento de desorientación en el que parecía hundirse.

—Entonces, dígame, señor Santiago. ¿Cómo explica usted que haya logrado hacerse pasar por el presidente de la República?

Santiago dirigió al militar que le había formulado esa pregunta una mirada de buey cansado.

—Les he dicho mil veces que no sé nada de eso. Lo último que recuerdo es que estaba barriendo la acera frente a la tienda de zapatos donde trabajo. No les puedo explicar nada. A lo mejor me drogaron o me hipnotizaron, ¡qué sé yo!

—¡Mira, buen pendejo! —gritó el general Lagoma— Ya está bueno de jueguitos. Si aquí hay un hipnotizador, ese eres tú. El piloto del helicóptero y los agentes de seguridad que te escoltaron hasta aquí están ahora mismo en la enfermería bajo sedantes. Juran por sus madres que ellos mismos acompañaron al presidente desde el refugio hasta aquí sin perderlo de vista ni un sólo instante. Ninguno de ellos entiende de dónde carajo saliste tú…

—¡Bueno, coño, pero entonces, ¿qué quiere usted que yo le diga? ¿Que yo tengo poderes? ¿Que soy un enviado del diablo? ¡No tengo la menor idea de cómo rayos llegué hasta aquí, y mucho menos de cómo fue que esa gente me confundió con el presidente! No…, pero, ¿usted me ha visto la cara? ¿En qué me parezco yo al doctor Servilló?

Santiago estaba fuera de sí. Dos gruesas venas parecían a punto de estallarle en la frente; tenía los ojos inyectados de sangre; sus labios resecos parecían cuarteados

152

en las comisuras; sus hombros caídos daban la impresión de ser incapaces de continuar sosteniendo su cuello, y su cabeza parecía pivotar hacia adelante con cada uno de los gestos con los que impulsaba sus palabras nerviosas.

El interrogatorio parecía haber llegado un punto muerto. Ninguno de los siete hombres allí presentes estaba dispuesto a ceder ante la aparente razón que exponía aquel sujeto. El testimonio de los agentes de Asuntos Especiales y del piloto del helicóptero parecían apoyar de manera indiscutible la tesis de la hipnosis colectiva. Además, estaba el antecedente de la aparición de Santiago en la televisión y la extraordinaria controversia que este hecho había suscitado. Todo parecía indicar que, aunque resultaba imposible probarlo, aquel individuo había descubierto alguna de las claves secretas que influyen sobre el funcionamiento del cerebro humano.

De todos los allí presentes, el más preocupado era el Secretario. Para él, lo importante no era determinar si aquel hombre era o no un embaucador dotado de poderes psíquicos, sino la suerte que había corrido el doctor Servilló. ¿Había quedado sepultado bajo los escombros del Palacio Nacional? Era poco probable, ya que, según los informes que había recibido, él no se hallaba allí cuando ocurrió el bombardeo. ¿Había sido secuestrado? En ese caso era absolutamente indispensable averiguar cuál de los dos bandos era el responsable. ¿Había logrado esconderse? Sólo había dos escenarios en los que tal cosa habría podido realizarse sin que los servicios de seguridad del Estado o los agentes pagados por cualquiera de los grupos contrarios lo ubicaran: huyendo disfrazado hacia el interior del país, donde el presidente tenía amigos y amantes a granel, o engañado por alguno de los numerosos traidores que lo habrían engatusado para tenerlo a su disposición. En cualquier caso, era indispensable dar con él. O con su cadáver...

—Bueno, señores —dijo el Secretario dando un manotazo sobre el escritorio y mirando fijamente a Santiago—. No tenemos tiempo que perder: vamos a resolver esto ahora mismo. Comandante, ordene que a este hombre lo fusilen inmediatamente en el patio de la fortaleza. Es más peligroso por lo que no sabe que por lo que sabe.

Todos los allí presentes, incluyendo a Santiago, clavaron sobre el Secretario una mirada perpleja y guardaron silencio. Sólo al cabo de unos instantes creyeron comprender que se trataba de una estrategia del Secretario.

—¡Ya oyeron al Secretario! —tronó el general Pantaleón a los soldados que custodiaban la puerta—. ¡Este hombre será fusilado ahora mismo en el patio! ¡Cabo Pérez, dígale al coronel San Almendro que prepare el pelotón! Yo mismo dirigiré la operación.

Santiago había quedado en estado de *shock*. Ni siquiera se inmutó cuando uno de los soldados abrió la puerta para ir a dar el mensaje que se le había ordenado. Sólo el ruido de la puerta al cerrarse le hizo parpadear, y luego se cubrió la cara con ambas manos esposadas, antes de comenzar a temblar como una hoja sacudida por el viento. Segundos después, como si se tratara de otra persona, se le oyó decir:

—En todos estos años ustedes no han aprendido absolutamente nada. ¡Siguen siendo tan estúpidos como antes!

Y acto seguido, separó las manos para hacer que las esposas cedieran y se abrieran sin hacer ruido como si estuvieran hechas de papel crepé ante el asombro de todos, incluyendo los tres guardias que permanecieron boquiabiertos observando la manera en que aquel individuo que tan sólo un momento atrás parecía esmirriado y casi disminuido se ponía de pie y se subía sobre la mesa de un salto realizado prácticamente sin esfuerzo como si fuera una especie de titán de bronce.

—Vamos a ver a cuál de estos pelafustanes le toca ahora el turno —dijo Santiago mientras avanzaba con pasos lentos hacia los siete hombres que permanecían paralizados ante él. En su mente, la luz oscura de Raesía se había aburrido de jugar a ser Dios. "Debí haber hecho esto hace tiempo", se decía. "A esta gente le sobran por lo menos dos siglos de desencanto. Es hora de que aprendan a valorar lo que son y lo que tienen". Parado justo al borde de la gran mesa de reuniones, Santiago-Raesía abrió los brazos y comenzó a pasarlos por encima de cada una de las cabezas de las personas que permanecían sentadas con los ojos abiertos frente a él. Los generales Pantaleón, Lagoma, Máxima Sufragia Busconi, Angurrio; los coroneles Romano y Eleuterio Viturbio, así como el Secretario, se pusieron entonces a vibrar en sus asientos al mismo tiempo que los tres soldados que permanecían custodiando la puerta con sus fusiles en ristre.

"¡Bien me lo imaginaba yo!", se dijo Raesía. "Ninguno de estos idiotas llega a la categoría de gente. Lo único que les interesa es el poder que da el dinero y el dinero que da el poder, lo cual significa que para ellos es lo mismo el pujo que los hace cagar y la mierda que los hace pujar. No me explico de qué manera han llegado a ocupar los puestos que tienen, como no sea que aquellos que los pusieron allí son tan miserables como ellos, o más".

—¡Se me van todos ahora mismo de aquí! —gritó Raesía haciendo chascar los dedos índice y pulgar de Santiago.

Eso fue todo. Acto seguido, por efecto de la orden de Raesía, los siete personajes fueron a ocupar sus respectivos habitáculos en el interior de un número equivalente de burbujas de cerveza que se formaron subrepticiamente en el vaso de uno de los contertulios recién llegados al Palacio de la Esquizofrenia.

5. Burbujas en el vaso de una vida breve.

—¡LA VERDAD ES QUE HAY GENTE LOCA EN ESTE MUNDO! — sentenció Venancio Hoguera con la pose característica de los intelectuales (mano que se mesa la barba rala y larga; hombros hacia atrás; barbilla levantada y mirada que parece caer sobre sus interlocutores como la de alguien

155

ubicado en el *penthouse* de un rascacielos)—. ¿Entonces quiere decir que tú no tienes una sola línea escrita de tu novela y me has hecho venir hasta aquí para hablarme de ella? ¿Y un domingo, para colmo? ¿Y qué carajo quieres hacer? ¿Contármela? No, pero... ¡habrase visto! ¡Tú no eres más que un pelafustán! Los verdaderos escritores son como yo: nunca hablan con nadie sobre lo que están escribiendo. ¡Coge cabeza, Camarena!

El interlocutor de Venancio soportó pacientemente la larga perorata de su amigo, quien comenzó a pontificar acto seguido acerca de la necesidad de mantener en secreto lo que se escribe.

—Mira —dijo Venancio—, hay muchos escritores a los que les gusta alardear más que escribir. Se la pasan concediendo entrevistas gratuitas a todo el que tenga la mala suerte de toparse con ellos. Claro, te hablo de escritores de verdad, autores reconocidos, no de esos que ahora se ganan quince premios literarios sin haber escrito una sola obra que valga la pena. Pero el caso es que ni estos últimos ni los primeros escapan al virus de la vanidad. Sin embargo, donde primero se conoce el verdadero talento artístico es en la humildad. Por eso es que yo soy así, sencillo, tranquilo. A mi nunca me vas a ver hablando de aquello que escribo. A lo mejor un día, un mal día, me coge con comentarle a alguien, a ti mismo, por ejemplo, acerca de algo que escribí, pero, en primer lugar, eso sólo lo haría después de publicar el libro, el artículo o el cuento en cuestión, y en segundo lugar, nunca diría nada que haga que la gente piense que soy tan buen escritor como en verdad soy... Óyeme bien: que no te vean venir. La verdadera vida es otra cosa, hay que mantenerse en *low profile*. Esa es la regla...

Aprovechando una pausa de Venancio, quien apuró de dos tragos lo que le quedaba en su vaso de cerveza, Fello Camarena quiso retomar el tema de su novela.

—Bueno, para mí, el caso está claro, hombre: quien

cuenta lo que todavía no ha escrito es tan mentiroso como el que habla maravillas acerca de su obra escrita a quienes no la han leído. Sin embargo, mi novela ya está enteramente concebida en mi cabeza. Figúrate que hasta título tiene. Se llama *Viaje al corazón del país natal*, y trata acerca de un tipo que sólo tiene por delante el tiempo que le tome beberse un vaso de cerveza en un bar como este, pues sabe que lo matarán en cuanto termine de tomarse el último sorbo. Al tiempo que bebe, el hombre va rememorando su vida y termina comprendiendo que, en lugar de sentir miedo, él debería dejarse matar con alegría, pues así pondría punto final a lo que, para él, sólo ha sido una larga cadena de desengaños, desencuentros, desencantos y desafectos desde el día que nació: golpeado por su padre en su niñez; abusado por un médico mientras su madre aguardaba por él en la sala de espera cuando era adolescente; obligado por un cura a exhibirse desnudo junto a sus demás compañeros de curso durante un "retiro espiritual" del colegio; burlado y después olvidado por todos sus amigos, quienes le retiraron la palabra raíz de la quiebra de la empresa de su padre; chantajeado, amenazado y después abandonado por su primera esposa, quien se mudó a la casa de otro tipo en otra ciudad llevándose a las dos hijas de ambos; ridiculizado, ignorado y minimizado por sus colegas escritores; y luego de toda esa caterva de desgracias, el tipo logra conseguir un puesto en una empresa importante, donde, con los años, alcanzó cierta estabilidad económica, lo cual les sentó como un tiro a la cáfila de envidiosos que mejor preferían verlo jodido, hasta que, ¡pan!, lo botan como un perro al cabo de diez años… y ahí está él, sin empleo, comiéndose el dinero de su liquidación, cuando unos ladrones penetran en su apartamento y lo despojan de todo: prendas, computadoras, electrodomésticos, en fin, lo que se dice todo, y cuando cree que ya no le queda mejor opción que la de tentar la suerte, decide una noche meterse en un casino, comienza a jugar y a beber whisky, le mira la espalda a una mujer que le pasa por el lado rozándole el brazo con la cadera, y en ese mismo momento, ella se da vuelta y le sonríe; él le devuelve la sonrisa y la sigue con la vista hasta que la ve ir a sentarse acodada en la repisa del bar; termina la mano de póquer y se dirige al encuentro con aquella mujer vestida de negro que vuelve a sonreírle; comienza entonces a hablar con ella y, de repente, ella le dice que quiere susurrarle un secreto al oído, se le acerca y le pega un beso de ventosa con lengua y todo, abrazándolo como si se fuera a caer a un precipicio. En eso están cuando llega un tipo alto y fuerte como un toro que lo toma por el cuello, se lo aprieta hasta casi estrangularlo, y le dice en voz baja que no lo mata allí mismo porque no quiere joderse la noche, pero que no se preocupe, porque ya lo suyo está caminando. El tipo sale del casino y regresa a su casa con la cabeza como un pedazo de brillo fino después de fregar siete juegos de ollas; esa misma noche, una pedrada rompe el cristal delantero de su carro. Comprendiendo que lo habían seguido, el tipo cree que necesita protección policial, pero no tarda en darse cuenta de que ni siquiera sabe cómo se llama el individuo que lo ha amenazado. Decide recoger algunas cosas y marcharse al día siguiente de la ciudad, pero, en la mañana, a eso de las 7:30, recibe una llamada telefónica de su ex, quien le dice que, o le paga el dinero de la pensión de las niñas, o presentará cargos contra él en la fiscalía. El tipo comprende que no podrá irse sin antes hacer un depósito en la cuenta de su antigua esposa. Cuando sale del banco, ve a la mujer que lo había dejado en el casino: está sentada sola en una de las mesas de la galería de un bar cercano. Sin pensarlo dos veces, decide ir al bar, sólo para ver de nuevo a la mujer, pero desde que entra, el tipo que lo había estrangulado en la víspera regresa del baño, a donde había ido a orinar o a lavarse las manos, pues tenía huellas de agua en sus pantalones. Al verlo de nuevo cara a cara, el tipo saca una pistola y le dice que se siente junto a la mujer. El otro obedece y el de la pistola llama a un camarero y pide una cerveza. "Bébetela", le dice. "Cuando termines, te mataré". Y esa es la historia. Como te he dicho, la tengo completa en mi cabeza. ¿Qué te parece?

—¿Qué me parece qué? —pregunta Venancio.

—El argumento de mi novela.

—¡Coño! Excúsame, no sabía que me hablabas de tu novela. Bueno, lo mismo da. Me parece una mierda, como todos los argumentos. Un esqueleto de nada. Pero a decir verdad, lo que menos me gusta es el título. Me parece una mezcla entre el de *Viaje al corazón de la noche* y el de *Cuaderno de un retorno al país natal*. Creo que una historia como esa que piensas escribir debería tener un título sonoro, como: *El tiro salió por la culata* o *La mejor cerveza del mundo*. También podría ser algo más simbólico, como los títulos que usaban los poetas de principios del siglo XX: *Cita a ciegas*, digo, por lo de la mujer vestida de negro; *Pedrada metafísica*, aunque te suene a Manuel del Cabral, por lo que le hicieron al carro del tipo, y ya que estamos planeando, porque no *Burbujas en el vaso de una vida breve...*

—Oye, ése me gusta.

—Sí, pero tú sabes que ese es un título del poeta Moreno Jimenes.

—¿Y qué importa? En su época no existía el registro de propiedad intelectual, además, murió hace más de 50 años, y lo que es peor, aparte de ti de mí, dudo mucho que en este país haya alguien que sepa hoy que eso es de él.

—Bueno, pero, si ese es el criterio, porque no le pones *La condición humana* o *El obsceno pájaro de la noche*, o incluso *La región más transparente...*

—¡Bah! ¿Qué importa? Me gusta lo de las "burbujas". Va con lo que quiero contar.

—Creí que te gustaba por lo de "vida breve". Ah, es verdad. Se me olvidaba que ese es un título de Onetti...

—Bueno, lo que pasa es que no te he dicho que el tipo se pone a recordar su vida mientras mira las burbujas que flotan en su vaso de cerveza...

—¡Ah, bueno! Eso lo cambia todo... ¿verdad? ¡Qué pendejo eres! Una historia como esa no la leería nadie en esta época. A la gente de hoy lo que le gustan son las sagas épicas, las narraciones históricas y las intrigas políticas. ¿Por qué no la escribes ubicando a tu personaje en la época de Lilís, o en la de Leonel Fernández, que es lo mismo?

—Mira, si me pongo a escribir pensando en lo que le gusta a la gente, no escribo nada. Es imposible hacer algo que le guste a todo el mundo.

—Eso es verdad. Bueno, de todas maneras, el problema principal del título de Moreno es que resulta demasiado largo para una novela. Cuando uno termina de leerlo ya está cansado... y no quiere seguir leyendo.

—Tal vez tengas razón. Podría intentar cambiarlo un poco: "Burbujas de una vida breve"; "Breves burbujas de la vida"; "Vida en una burbuja"; "La vida de las burbujas"; "Las burbujas de la vida"...

—Párate ahí —dijo de pronto Venancio—. No sigas.

—¿Qué pasa? ¿Cuál de todos te gustó?

—No es eso... no es eso... ¡Mira tu vaso!

—¿Mi vaso? ¿Qué tiene mi vaso?

—¡Las burbujas, coño! ¡Mira las burbujas!

En efecto, mientras los dos amigos hablaban, algo extraño había ocurrido en el fondo del vaso de Fello Camarena: siete burbujas negras, organizadas en forma de un heptaedro regular, permanecían allí como perlas oscuras, ligeramente más grandes que las burbujas normales.

—¡Coño! ¿Qué vaina es esa? —preguntó Fello.

—Eso es lo que pasa cuando uno se pone a hablar de burbujas mientras bebe cerveza —dijo Venancio.

—¿Y qué hago con eso?

—Nada, llama al mozo y pídele que te cambie el vaso, que traiga otra cerveza y que le diga a esa morena que va ahí que venga a sentarse con nosotros a la mesa.

—No, pero, ¿no te das cuenta de que esto es algo muy extraño?

—¿Y que tú quieres? Con tanta mierda química que ahora usan para fabricar todo lo que uno come y bebe, lo raro es que no haya pececitos magenta nadando en la cerveza.

—¡Jum! Eso que dices me ha dado una idea —dijo Fello, y acto seguido se levantó y se dirigió al mostrador del bar, de donde regresó poco después con una cuchara en la mano.

—Pásame tu paquete de cigarrillos.

Venancio le alcanzó una cajetilla de Marlboro rojos, y le dijo:

—Me debes ciento cincuenta pesos.

—No jodas —replicó Fello—. Sólo quiero el celofán que la cubre.

Acto seguido, tomando la cuchara, se dedicó a extraer una a una las siete burbujas negras del fondo del vaso y a echarlas en el sobrecito de celofán. Cuando las tuvo todas reunidas, las observó detenidamente: tenían el aspecto metálico del azogue, pero de un color más oscuro. No podía imaginar de qué se trataba.

—Las voy a llevar al laboratorio donde trabaja el poeta Valdez.

—¿Pedro Antonio?

—El mismo. Quizás tú no lo sabes, pero, cuando él estaba en Nueva York, se puso a estudiar en una universidad y terminó un diplomado en Bioanálisis. Con eso y con la recomendación de una doctora tía suya consiguió trabajo en un laboratorio, donde se pasaba más tiempo escribiendo poemas y novelas que mirando por el microscopio. Con un poco de suerte, él me dirá que rayos es esto.

—Bueno, pero eso será mañana, porque hoy es domingo...

—¿Quién te dijo? ¿No sabes que los laboratorios están abiertos 7/7 y 24/24? A Pedro Antonio le tocan precisamente los turnos de fin de semana. Así que, si quieres, vámonos ahora mismo para allá.

—¡Pero bueno, Camarena! ¿Tú crees que yo soy un vago como tú? Vete solo a jugar con tus bolitas. Yo tengo otras cosas más serias que hacer. ¡Oh, pero bueno! ¿Y a mí qué me importa lo que pueda ser esa vaina? Con suerte y sólo son huevos de tilapia o mierda de cangrejo. La gente no tiene ni idea de las cosas que pasan en la mayoría de los restaurantes...

6. Raesía se aburre.

TRES SOLDADOS ARMADOS CON FUSILES M 16 flotaban en el aire por voluntad de Raesía, quien había creado una especie de campo de fuerza capaz de resistir incluso varias cargas con cemento explosivo C4 aplicadas desde el exterior por un equipo de dinamiteros del ejército.

—¿Qué mierda voy a hacer con ustedes? —se preguntó Raesía, furiosamente aburrido.

Durante casi media hora, Raesía había intentado penetrar en las mentes de aquellos soldados, pero se había hartado de escuchar únicamente una larga retahíla de pendencias de ron, cháchara de baja estofa, intrigas amorosas, tristes recuerdos de infancias perdidas en el duro trabajo del campo o de la calle como vendedores de toda suerte de baratijas, siempre a un paso de caer en la más abyecta de las delincuencias.

—¿Cómo es posible tomar en serio a esta gente que confunde lo que pasa con la realidad? —se preguntó Raesía luego de explorar la mente del tercer soldado—. Ni por casualidad son capaces de salir de su ceguera. ¡Viven en un mundo donde cualquier cosa es posible y ni siquiera saben qué es lo que más les gustaría hacer! ¡Sólo saben quejarse de sus limitaciones y esperar que alguien venga a resolverles sus problemas! Ah, pero claro, nadie va a venir. Eso lo sabe todo el mundo. ¿Quién se va a meter en este lío de mentecatos? La vida de esta gente es como la de los pollos. Sólo saben comer, cagar y pisar gallinas, y en eso se pasan la vida entera. ¡A joder a otro!

Súbitamente, Raesía tuvo una intuición. Recordó la época en que vivía junto a su hermano Poezón en la burbuja y se preguntó cuál habría sido su suerte desde aquella ocasión en que lo envió a la tierra de una patada. "¿Qué estará haciendo ese pendejo?", se preguntó. "Él siempre se las arregla para sacar provecho de todas las situaciones. Seguramente ahora anda por ahí, jodiendo la paciencia. Tengo que acabar de una vez por todas con él para arrebatarle mi otra mitad. No es justo que a él le haya tocado lo mejor de mí y a mí lo peor de él. Esta vaina nunca ha podido funcionar bien de esa manera". Y pensando en esto, Raesía cerró los ojos de Santiago, quien cayó al suelo al mismo tiempo que los tres soldados. Ninguno de ellos sufrió daño físico a causa de aquella caída, pero, como pudieron comprobarlo los integrantes del escuadrón de rescate que penetraron poco después en el salón desde que uno de ellos se percató de que la puerta estaba abierta, todos, incluyendo Santiago, estaban profundamente dormidos. Ya no despertarían nunca más de aquel sueño, pues, menos de quince minutos después, un poderoso ataque con morteros y bombas expansivas se abatió durante más de dos horas sobre la fortaleza sin dejar sobrevivientes.

Mientras todo esto ocurría, Raesía observaba el aura prístino y radiante de la joven poeta en la que Poezón había hallado residencia en la Tierra. Los ojos de la joven eran tan brillantes que no parecían reales, y su piel, tan tersa, tan limpia, parecía haberse lavado en todas las aguas del planeta hasta alcanzar ese tono característico que tiene el pan recién tostado. Como se había vuelto incorruptible después de haberse liberado de los mil tentáculos del deseo, su cuerpo era capaz de desrealizar activamente cualquier pasión imperativa allí donde pudiese llevarse a cabo la más total de las uniones.

"De manera que esto es lo que este pendejo ha estado haciendo todo este tiempo", se dijo Raesía. "Está jugando a fabricarse una diosa. Tengo que impedirlo a toda costa". De inmediato, el hermano gemelo de Poezón se convirtió en vapor y comenzó a flotar sobre el mundo. Atravesó los muros de aquella ciudad que maldecía cada día su propia existencia buscando el aura más terrible de todas aquellas que pudiese encontrar. Su búsqueda tardó meses, años enteros, pues, no contenta con auscultar los frutos del presente, viajó al pasado y al futuro, recopilando datos y contrastándolos en su mente de calculadora lírica. Para organizar mejor su rastreo, asignó un color y una nota musical a cada tipo de aura: blanco y Do, para los ingenuos; azul y Re, para los místicos; rojo y Mi, para los apasionados; amarillo y Fa, para los intelectuales; verde y Sol, para los obsesivos; violeta y La, para los avaros; naranja y Si, para los idiotas. Cerca de ochocientos mil millones de personas resultaron clasificadas de esa manera. De ese total, todos los grupos arrojaron resultados equivalentes, y sólo un restante de 900 millones de individuos escapó al primer filtro analógico. Entre estos, 400 millones pertenecían a uno de los siguientes grupos descartables: ingenuos intelectuales (blanco-Do y amarillo-Fa); obsesivos avaros (verde-Sol y violeta-La); místicos idiotas (azul-Re y naranja-Si); intelectuales obsesivos (amarillo-Fa y verde-Sol), y otros por el estilo. Al final, Raesía dispuso de un reducido grupo de apenas 700 millones de personas pertenecientes a las tres combinatorias más raras: la de los apasionados intelectuales obsesivos (rojo-Mi, amarillo-Fa y verde-Sol), la de los idiotas apasionados obsesivos (naranja-Si, rojo-Mi y verde-Sol) y la de los intelectuales idiotas y avaros (amarillo-Fa, naranja-Si y violeta-La). Finalmente, reduciendo la lista al extremo, Raesía logró aislar un grupo de 7000 casos extremos en los que se combinaban cuatro elementos en lugar de tres: los ingenuos, apasionados, avaros e idiotas (blanco-Do, rojo-Mi, violeta-La y naranja-Si), y entre todos estos 7000 desperdicios de la materia espiritual, Raesía seleccionó el que le pareció más apto para llevar a cabo la misión que se había propuesto.

Esa piltrafa espiritual, ese inútil gusano, ese energuménico pelafustán no era otro que el Despellejado. "Ahora sólo tengo que escoger el momento en que el pupilo entrará en acción", se dijo Raesía. "El Ahora está lleno de huecos; será mejor que busque en el cielo el momento exacto en que se apague una estrella, y justo entonces lo haré intervenir".

SEIS

1. Una sorpresa microscópica.

CUANDO FELLO CAMARENA LLEGÓ AL LABORATORIO, encontró a Pedro Antonio sentado en una de las sillas de la sala de espera como si fuera uno de sus propios clientes. En su mano derecha tenía una botellita en cuya etiqueta se podía leer la inscripción "Mabí Sey.." medio tapada por la mano derecha del poeta, la misma con la que estrechó, luego de pasarse la botellas u otra mano, la de Camarena, quien le dijo:

—¿Quihubo, poeta?

—¡El hombre de las letras! —le respondió Pedro Antonio colocando la botella en el suelo antes de incorporarse. Tenía puesto el batín blanco, el cual tenía, sobre el bolsillo superior izquierdo, un rotulito que decía: "Dr. Valdez".

—¡Vaya! —dijo Fello— Por fin tú también eres doctor, como Balaguer.

—Querrás decir que ahora también a mí la gente me dice doctor, como a Balaguer. ¿Qué te trae por aquí? ¿No me digas que has venido a que te saquen sangre? Aquí no se paga por donar. Mejor te cobramos.

—Tranquilo. He venido a mostrarte algo que a lo mejor te interesará —dijo Fello sacándose del bolsillo de su guayabera la envoltura plástica que contenía las siete burbujas.

Pedro Antonio recibió el sobrecito de celofán y lo colocó al trasluz contra la lámpara fluorescente de la sala de espera.

—Poeta, ¿y qué diablos es esto? ¿Dónde lo encontraste?

—Si te lo cuento ahora no querrás ayudarme. Vine a ver si podías averiguar qué es con tu microscopio. Después te diré dónde lo encontré.

—Bueno, pues vamos a ver. Sígueme.

Pedro Antonio le dio paso a Camarena a través de la puerta sobre la cual se encontraba pegado el acostumbrado rotulito de "Personal Autorizado Solamente". Ambos caminaron a continuación por un pasillo que conducía a una salita donde había varias batas de laboratorio en un perchero.

—Póngase una de esas cosas, poeta. Después colóquese uno de esos gorritos en la cabeza. Yo sé que usted es medio calvo, pero esa es la regla…

Una vez vestidos adecuadamente para la ocasión, se dirigieron al salón de análisis, cuya puerta cubierta con tres tipos distintos de guardapolvos anunciaba la asepsia particular que caracteriza ese tipo de instalaciones.

—Siéntese por ahí, poeta, y comience a contar dónde y cómo encontró esta vaina.

Mientras el Dr. Valdez colocaba con una pinza una de las burbujas sobre un porta objetos cóncavo y se disponía a insertarlo en la bandeja del microscopio, Fello Camarena comenzó a contar en qué circunstancias había descubierto aquellas burbujas en el fondo de su vaso de cerveza. Ya estaba llegando al punto en que se levantó de su asiento en el Palacio de la Esquizofrenia a buscar la cuchara, cuando:

—¡Anda para la mierda, coño! ¿Y qué vaina es esta? —gritó Pedro Antonio.

—¿Qué pasa, poeta? ¡Dígame qué pasa!

—¡No puede ser! —decía y repetía Pedro Antonio una y otra vez, mientras tomaba otra burbuja y la colocaba en el porta objetos.

—¡Esta vaina es imposible pero es verdad! ¡Poeta, espéreme aquí! No, mejor venga conmigo. Esto tiene que verlo más gente. Esta es la cosa más rara que visto en mi vida. ¡Diablo! ¡Ni en una película gringa se puede ver algo así!

—Un momento, poeta —dijo entonces Fello Camarena—. Si quieres hacer que esto se sepa, entonces devuélveme por lo menos la mitad de las burbujas. Es más, te dejaré sólo esas dos, por ser tú. Tú sabes cómo son estas cosas...

Pedro Antonio estaba tan emocionado que aceptó aquella condición y, sin pensarlo dos veces, le regresó a Camarena el sobrecito de celofán que contenía las cinco burbujas restantes.

En menos de un minuto, cerca de doce personas esperaban sus turnos para poder observar a través del único microscopio disponible en el laboratorio aquello que el Dr. Valdez había descubierto en el interior de las burbujas. La misma dueña del laboratorio, la Dra. Enerolisa Tiburcio, se apersonó en el lugar para observar aquello, y después de confirmar que era cierto lo que le habían dicho, llamó a todos los periódicos y a todos los canales de televisión del país para que fueran a cubrir la noticia, pues por nada del mundo estaba dispuesta a renunciar al tremendo impacto publicitario que seguramente significaría para su negocio el hecho de que uno de sus técnicos laboratoristas hubiera descubierto a dos personas vivas encerradas en sendas burbujas de menos de dos milímetros de diámetro. El resultado inmediato de aquella temeraria campaña mediática fue que, menos

171

de una hora más tarde, la Dra. Tiburcio se vio obligada a solicitar la intervención de la policía para controlar a la enorme multitud de curiosos que comenzaron a llegar de todas partes del país para ver a los "espíritus de las burbujas", como comenzaron a llamarlos cariñosamente desde que se supo la noticia.

Evidentemente, a Fello Camarena no lo mencionaron en ninguno de los incontables partes de prensa que fueron difundidos por todas las vías, incluyendo a *Facebook, Twitter, Instagram, Tumblr, Telegram* y demás redes sociales. Ni siquiera el mismo Pedro Antonio pudo hacer una declaración decente respecto al tema, ya que la dueña del laboratorio le recordó que había firmado un contrato de confidencialidad que lo obligaba a guardar silencio en cualquier circunstancia respecto a todo lo relativo a su práctica profesional en SU laboratorio. "Quiero que me entiendas bien", le dijo la Dra. Tiburcio. "La única que puede hacer declaraciones a la prensa sobre este caso soy yo, como dueña que soy del laboratorio". Sólo después de escuchar aquella advertencia, el poeta Valdez recordó lo que le había dicho Fello Camarena y no tardó en llegar a la conclusión de que tal vez podría hacer algo para investigar mejor la situación en que se encontraban las personas que había visto dentro de aquellas burbujas. "Tal vez el poeta Camarena quiera asociarse conmigo, pero antes hay algo que debo hacer", se dijo.

—¿Sabe qué, doctora? —le preguntó a su jefa—. A partir de este momento, usted tendrá un problema menos en su camino: mi carta de renuncia estará sobre su escritorio antes de que me vaya de aquí. Tal vez cuando se le acaben estos cinco minutos de fama usted se acordará de que en el mundo hay más gente aparte de usted.

Acto seguido, se quitó el batín delante de la doctora, lo depositó sobre el espaldar de una de las sillas y salió de aquella oficina.

—Te digo que a esa mujer ni siquiera se le ocurrirá tratar de saber en qué estado se encuentran los "espíritus de las burbujas", como los llama la gente. Es demasiado ambiciosa, y de seguro piensa que manteniéndolos allí dentro podrá sacarles alguna ventaja publicitaria para su negocio.

Pedro Antonio intentaba convencer a Fello Camarena de que se asociara con él para intentar determinar qué sentido tenía la presencia de aquellas personas dentro de las burbujas.

—Es más —agregó—, reconozco que tenías razón y me felicito por haberte hecho caso. No sé cómo pudiste darte cuenta de lo que sucedería.

—No hace falta que me digas nada, pues, de no haber estado tan entusiasmado, tú mismo te habías dado cuenta de que ese era un riesgo innecesario. Lo que pasa es que a mí ya me han jodido tantas veces que siempre estoy esperando que me jodan una vez más. Por otra parte, creo que no tengo más remedio que asociarme contigo, porque, de otro modo, no sé qué otra cosa podría hacer yo con esas burbujas. Pero eso sí, cualquier cosa que haya que hacer con ellas habrá que hacerla en el extranjero. Con lo que acaba de suceder, ya sabemos qué es lo que podemos esperar de este país…

—Mira, poeta —replicó Pedro Antonio—. No te pongas así. Las cosas hay que verlas de otra manera. Si aquí ya nos han quitado dos burbujas, puedes estar seguro de que en el extranjero nos quitarán hasta el recuerdo de que una vez las vimos. Terminaremos en un asilo para enfermos mentales donde nos lobotomizarán y nos dejarán soplando mocos para el resto de nuestras vidas. Además, no sé por qué, pero presiento que la solución de este problema se encuentra aquí mismo, en este país.

Fello Camarena se quedó pensativo unos instantes luego de escuchar al poeta Valdez, y finalmente dijo:

—Tienes toda la razón. Mejor no hablemos más sobre ese asunto.

—Bueno, pues lo primero que debemos hacer es encontrar un lugar seguro donde podamos realizar algunos experimentos sobre las burbujas. Dadas las circunstancias, debe tratarse de un laboratorio privado, pues en cualquier institución pública terminaríamos, si no tan mal como en el extranjero, por lo menos mal y medio. Ahora bien, ¿dónde podemos ir?

Mientras Camarena y Valdez intentaban resolver este enigma, Raesía descubría que la implosión estelar más cercana al año 2066 en el cuadrante cósmico del Sistema Solar había tenido lugar en 1996. Necesitaba, pues, trasladarse con el Elegido hacia esa estrella un segundo antes de que esta se convirtiera en un hoyo negro. Con un parpadeo, sacó al Despellejado de su casa y lo introdujo en una burbuja a la cual se tragó acto seguido. Inmediatamente después, se presentó en la estrella en el instante en que toda la fuerza interna de esta última se volcaba hacia fuera, y viceversa: luz tragada por la oscuridad vomitada, vómito luminoso tragado por la oscuridad impurificada; tiempo contraído por el tiempo expandido, expansión negada por la contracción realizada. Momento en que terminan los momentos de una estrella y comienza la eternidad de su propia nada. Sólo ahí, en esa continua disolución de todas sus soluciones de continuidad resultaba posible asir la totalidad y asumir la nada como posibilidad infinita. Raesía se enfermó de tanta omnipotencia derrochada, y en su interior, el Despellejado comenzó a incubar un verdadero río de posibilidades. Sentía que la burbuja que lo rodeaba estaba hecha de tiempo, y era capaz de verse a sí mismo multiplicado en millones de burbujas. Supo que hacer es escoger el ser: dejar de ser para pasar a ser alguien que se deja ser. A partir de ese momento, ya no sería más el Despellejado: escogería cualquiera de sus burbujas y se convertiría en ella.

2. La amenaza.

VALDEZ Y CAMARENA CAMINABAN por la avenida 27 de Febrero después de abandonar el taxi que los llevó hasta la esquina de la Máximo Gómez. El chofer, un humilde padre de familia, quería cobrarles el doble del pasaje para llevarlos hasta la intersección de las avenidas Tiradentes y 27 de Febrero, algo a lo que los dos amigos se negaron rotundamente, primero por principio, y luego porque, sumando sus respectivos peculios, sólo llegaban a reunir entre los dos la suma de ciento treinta y cinco pesos.

—Yo nunca ando con efectivo a causa de la delincuencia —dijo Pedro Antonio, como excusándose.

—Bueno, yo nunca tengo efectivo a causa de la otra delincuencia: la de mis patrones, que me pagan una miseria y después quieren hacerme creer que me hacen un favor dándome trabajo.

—Poeta, si salimos con bien de esta, tendremos que hacer algo para salir del hoyo.

—No, hombre, qué va. Yo no quiero dejar de ser quien soy. Desde que uno consigue tres centavos más de lo acostumbrado comienza a verles la cara a los peores delincuentes de todos.

—¿Ah, sí? ¿Y cuáles son esos?

Antes de que Camarena pudiera responder "los de los impuestos", tuvo que detenerse porque sentía un calor anormal en el pecho.

—Oye, espérate un momento. Aquí está pasando algo raro. Las burbujas están ardiendo.

En menos de un segundo, la camisa de Camarena quedó perforada por el calor abrasador de las burbujas,

175

las cuales cayeron al suelo donde volvieron a organizarse, esta vez en forma de pentágono regular.

—¡Mira qué cosa tan extraña! —exclamó Pedro Antonio. Mientras estaban dentro del celofán, las burbujas permanecieron todas juntas. Ahora que están fuera, se organizan en forma geométrica. Eso debe significar algo... ¿pero qué?

—A mí lo que me intriga es el calor. ¡Por poco me hacen un hoyo en el pecho! ¿Qué rayos lo habrá provocado?

—No tengo idea. Nadie sabe qué es esto. Sólo espero que las personas que están dentro de ellas no hayan sufrido ningún daño. Vamos a ver si encontramos algo en lo que podamos guardarlas de nuevo. Tiene que ser de celofán o de plástico o mejor busca tú, mientras yo me quedo aquí cuidándolas.

—No hay que buscar nada: tengo esto —dijo Camarena sacando su billetera, de donde extrajo un sobrecito de plástico transparente que tenía varias tarjetas de presentación impresas con el mensaje: "Rafael G. Camarena, poeta".

—Si funcionó con el celofán de los cigarrillos, seguramente funcionará con esto —dijo Camarena pasándole el sobrecito Pedro Antonio, quien lo tomó e inmediatamente tocó con cuidado las burbujas para probar si ya estaban frías.

—Ya se enfriaron —dijo mientras introducía las burbujas en el sobrecito, comprobando acto seguido que la hipótesis de Camarena era correcta—. Acabamos de descubrir que el plástico tiene propiedades que alteran de alguna manera el funcionamiento de estas burbujas.

—Bueno, lleguemos de una vez al laboratorio. Necesitamos saber si las personas están vivas o no.

—No estoy seguro, pero creo que estas cosas están más grandes ahora... —dijo Pedro Antonio observando las burbujas a través del plástico.

—Deja ver.

En efecto, colocadas dentro de aquel sobrecito de un plástico rústico, las burbujas parecían haber aumentado ligeramente de tamaño.

—¡Ahora lo tengo claro! —dijo Pedro Antonio—. Si la delgada película de celofán las disgrega y este plástico ordinario las hace crecer, no cabe duda de que hay algo en este material que altera las propiedades de las burbujas. ¿Pero qué será?

—¡Poeta! —gritó entonces Camarena—. ¡Creo que deberíamos probar introduciendo estas burbujas en un plástico más grosero!

—Pues entonces me parece que tendremos que ir a otra parte… no creo que en el laboratorio haya la cantidad de plástico que podríamos necesitar… la vaina es que hará falta pasar primero por un cajero automático a sacar dinero… necesitamos pagar un taxi.

—Mira, estamos en la avenida 27 de Febrero. Por aquí hay cajeros casi en cualquier parte.

—Bueno, pues entonces, vamos a cruzar al otro lado por el puente peatonal que dejamos atrás.

—¿Y dónde iremos?

—Pensé que lo sabías. ¿Sabes dónde hay alguna fábrica de plásticos?

—No.

—Bueno, yo tampoco, pero el taxista seguramente sí.

Varios minutos después, los dos amigos viajaban en el interior de un taxi hacia esa parte de la ciudad de Santo Domingo conocida como "Villas Agrícolas", donde, según el taxista, había una fábrica de plásticos.

Mientras tanto, Raesía y el ser que en otra época de su vida era conocido como el Despellejado regresaban de su viaje a las proximidades de la supernova. Como ambos estaban cargados de radiaciones estelares, su llegada a la Tierra fue captada por todos los satélites y radares militares y astronómicos del hemisferio. Daba igual, puesto que, de cualquier manera, era muy poco lo que habrían podido descubrir, en el remoto caso de que les hubiese interesado investigar la causa de aquel fenómeno, ya que el encuentro entre Raesía y su pupilo con Poezón y su Casi Diosa tuvo lugar fuera del tiempo. Así tenía que ser, pues, luego de sacárselo de su vientre con la mano izquierda y extraerlo de su burbuja, Raesía cubrió al Elegido con un manto hecho de siete mantras contradictorios capaz de invertir, multiplicándolos, la extensión y el efecto de todas sus intenciones y causas. De esa manera, cualquier acción iniciada por la voluntad del Elegido terminaba convertida en su propio negativo, y era capaz de suscitar reacciones y consecuencias absolutamente devastadoras y opuestas al principio volitivo que las había suscitado.

Poezón, por su parte, se preparó para recibir al Elegido como alguien que busca encontrar en el agua su propio reflejo. Por un dilatado instante, fue su propia Casi Diosa, elevada en su discordante armonía por medio del más sutil de todos los gemidos: ese que se produce cuando el ser rompe todo contacto con su propia naturaleza. Ella dejó entonces de percibir la realidad: se sintió caer hacia arriba impulsada por la fuerza de una causalidad sin nombre que la extasió y le impidió tener voluntad propia durante la contienda. Fue Poezón, y al mismo tiempo, fue ella misma, quien recibió el abrazo de Raesía a través de las manos del Elegido. De ese abrazo nació un único ser hecho a partir de dos principios opuestos que comenzaron a luchar hasta la eternidad, aunque esta lucha, en sí misma, no era más que otra forma del engañoso mundo fenoménico. De hecho, tanto Raesía como Poezón permanecieron ajenos a la batalla. Habían activado sus respectivos avatares para poder atacarse mutuamente sin tener que ser ellos mismos el principio de ninguna acción.

Viendo que en aquella batalla su pupilo llevaba todas las de perder, Raesía comenzó a buscar un punto de negociación con su hermano gemelo. Quiso proponerle un armisticio, negociar con él la repartición de los dominios del día, asignándose a sí misma el imperio del sueño y de la noche; quiso entregarle al Elegido, o mejor dicho, a la parte de este que todavía permanecía íntegra en su particular infinitud, como prueba de que reconocía la victoria de su contrincante; quiso incluso congraciarse con Poezón, y comenzó a elogiarlo, tratando de devolverle en palabras aquello que él mismo le había arrebatado durante varias eternidades, diciéndole que de este modo él lograría sentirse más completo, más él mismo…

Pero ya era tarde…

La Casi Diosa levantó con ambas manos el cuerpo del Elegido, quien permanecía abrazado a ella, y comenzó a aplicarle un movimiento que simulaba el de la rotación de los planetas. A esas alturas, ninguno de los dos combatientes era capaz de detener aquello que se había iniciado sin la intervención de su voluntad. Tampoco Poezón, y mucho menos Raesía podían hacer nada para modificar lo que tan sólo obedecía al principio universal de la inercia. Incapaces de comprender que todo aquello era el resultado de haber nacido como contrarios perfectos, Poezón y Raesía, hermanos gemelos y contradictorios cada uno en sus esencias individuales, pudieron sentir de qué manera se disolvían sus respectivas naturalezas en el preciso momento en que el cuerpo del elegido estalló en millones de pedazos. Al final de aquella batalla, en el mundo ya no habría más Poezón ni Raesía: sólo Razón y Poesía, los cuales quedarían separados para siempre en el recuerdo de las generaciones como reminiscencias de lo que una vez estuvo a un tris de convertirse en el principio de un nuevo universo paralelo.

3. Solución por disolución.

¿Por qué el Despellejado no se atrevió a divorciarse de Matilde antes de que fuera ella quien le asestara aquel golpe que terminó de arruinarle su salud mental? No hay una respuesta que resulte totalmente satisfactoria para esa pregunta. Mal manejo de la culpa; exceso de fijación de la "novela familiar" en la constitución de su visión del mundo; miedo a equivocarse y a las consecuencias de aquella eventual ruptura que, lo sabía, tendría implicaciones más allá de lo imaginable, para él en primer lugar, y en un lejano segundo lugar, para las niñas, ya que, aunque apostaba con los ojos cerrados a la capacidad de Matilde para tergiversarlo todo y construir para cualquier situación una imagen falsa que suplantara a la verdadera y que terminara siendo más "real" que la misma realidad, también sabía que lo real siempre se las arregla para encontrarse con la historia.

A finales de noviembre de 1996, Matilde le pidió el divorcio al Despellejado, quien sintió de pronto que el mundo se le venía encima. Ella alegaba que se había cansado de vivir con un hombre que no salía nunca de un estado depresivo para quien todo estaba siempre demasiado mal o era demasiado sospechoso.

Para él, lo peor de todo fue comprender que ella lo apartaría de las niñas: se había encariñado con ellas. Podía comprender e incluso aceptar la idea de que Matilde ya no quisiera vivir con él, pero la simple mención de separarlo de las niñas le abría un profundo túnel en medio del pecho. Comprendiendo que había encontrado el punto débil por donde podía hacerle más daño, Matilde fue letal: "Pero tú nunca juegas con esas niñas. Ni siquiera las sacas a pasear. Te pasas todo el tiempo metido entre tus libros. No sé cómo se te ocurre pensar que tú eres su papá. Un papá es otra cosa... Además, siempre te dije que mis hijas no necesitan papá".

A principios de diciembre, Matilde se fue de la casa con las niñas, cargando con todos los enseres que cupieron en un camión que rentó para la mudanza. El Despellejado sólo conservó sus libreros, una mesa, una cama y un pequeño radio de transistores. Dos semanas después de la publicación del divorcio, a principios de 1997, Matilde comenzó a llamarlo para decirle que necesitaba una carta suya renunciando a la paternidad de sus hijas. "¡Pero eso que me pides es absurdo!", le dijo él. Ella le explicó que sabía bien que era absurdo, pero que ella necesitaba esa carta porque estaba haciendo gestiones para irse a vivir a Italia con sus hijas. "Si declaro que son víctimas del abandono paterno, tengo derecho a una pensión del Estado. Eso es algo muy común en esos países. "Pero esa es una barbaridad. ¿Y qué rayos crees que vas a hacer tú en Italia? ¿Crees que vas a poder vivir con esa pensión que dices que te darán?" "Claro, ahora tú quieres hacerme creer que te preocupa mucho lo que yo haga, después de haberte pasado todos estos años tratándome como si yo no existiera. Ahora me toca a mí. Nadie puede tenerlo todo en esta vida. Tú hiciste lo que te dio la gana mientras estuviste conmigo: te fuiste a estudiar, jurabas que serías el próximo Henríquez Ureña, pero mírate: no eres más que un fracasado. Nunca llegarás a nada, porque, ¿sabes qué? Yo te jodí. Te eché mi maldición. Yo siempre te dije que te esperaba en la curvita... Si de esta quedas vivo, lo más lejos que llegarás será al manicomio... Es más, si no quieres darme esa carta no te preocupes... Yo puedo resolver eso sin ti, pero ten cuidado, porque si te atreves a crearme algún problema te partiré el culo en diez. Y líbrate tú de que yo me proponga entre ceja y ceja joderte más... No encontrarás trabajo ni como barrendero en ninguna de las universidades dominicanas... Así que mejor quédate tranquilo y no me ayudes... Si me hubieras dado la carta de buena gana, te habría permitido que viajaras a visitarlas a Italia... Pero ahora comprendo que lo que tú quieres es que ellas también se jodan en este país donde te jodiste tú. Eres un egoísta, un egoísta cabrón y una buena mierda".

El Despellejado no pudo escuchar más. De repente sentía que los talones de sus calcetines le salían por la boca, y que tomaban el lugar de su lengua. Todo su cuerpo se le había hecho una bola, y se sentía incapaz de controlar sus ideas. Un profundo vértigo lo empujaba a buscar el suelo para poder mantener algún asomo de equilibrio. Sentía que todo su ser se modificaba a pasos acelerados, como si dejara de ser hombre para convertirse en algún tipo de reptil incapaz de comunicarse con los seres humanos...

Cuando salió de aquella primera crisis, Matilde ya se había evaporado, cortando definitivamente toda comunicación. Nunca más volvió a tener noticias de ella ni de las niñas. Buscó ayuda profesional: durante meses, consultó con asiduidad al Dr. Johnny Walker, al Dr. Brugal y a la Dra. Stolichnaya. Sabiendo que debía evitar pasar demasiado tiempo solo, comenzó a frecuentar tertulias y reuniones de amigos en las que se enteró de la mayoría de los chismes de la actualidad política y cultural del país antes de que estas aparecieran en los medios de comunicación. Cuando el último contertulio se marchaba de aquellos encuentros en los que se almorzaba o se cenaba, pero sobre todo se bebía copiosamente, él retornaba en un taxi, ebrio, cansado y solo a su casa de Ciudad Nueva.

Todo esto lo ayudó a continuar como pudo su pequeña vida. Casi por casualidad, dos semanas después de aquella última conversación con Matilde, se enteró de que en la sede central de la UASD había una convocatoria a concurso para profesores de Literatura. Participó como único candidato y ganó limpiamente su acreditación como profesor titular de cuatro asignaturas de la carrera de Licenciatura en Letras. A menos que él así lo quisiera, ya no tendría que volver a viajar a los centros provinciales, lo cual, aunque menguaba ligeramente sus emolumentos, no solamente significaba para él mejores condiciones laborales, sino también menos posibilidades de que una noche le sorprendiera lejos de su casa uno de aquellos ataques de depresión que periódicamente le imposibilitaban rearmar todas las piezas de ese rompecabezas mal llamado "realidad".

La crisis definitiva tuvo lugar tres años después, mientras desempeñaba su labor docente en una de las aulas de la Facultad de Humanidades de la UASD. Había llegado allí aquella tarde sintiendo los primeros síntomas de aquel descontrol nervioso que casi siempre anunciaba un inminente desencadenamiento de los soportes de su conciencia. "El trabajo me ayudará a despejar la mente", se dijo, y se dispuso a comenzar su clase a pesar de que, por momentos, la mente se le nublaba debido a un zumbido que parecía provenir del interior de su propia cabeza.

Estaba presentando el esquema que desarrollaría en el curso de su disertación de aquella tarde cuando, súbitamente, lo vio todo: el panorama completo de una lucha entre aquellas dos potencias antagónicas que estaban destinadas a transformar los mismos cimientos de la realidad por medio de la destrucción creadora. La rabiosa conflagración que presenció aquella vez resultó demasiado grande para su maltrecho cerebro, y perdió por completo toda noción de lo que ocurría en torno a él. Contaron los estudiantes que se quedaron a presenciar hasta el final el espectáculo de aquel profesor enloquecido que, al principio, este sólo repitió durante varios minutos dos palabras: "¡Razón! ¡Poesía! ¡Razón! ¡Poesía! ¡Razón! ¡Poesía! ¡Razón! ¡Poesía!", y que luego comenzó a hablar de manera sumamente desarticulada y confusa. Casi no se podía comprender lo que decía. Algunos de ellos dijeron que hablaba de algo que alguien había enterrado en alguna parte. Otros hicieron énfasis en algo así como unas minas cósmicas y de una guerra a muerte aquí, en la República Dominicana. Otros incluso llegaron a decir que no le oyeron pronunciar una sola palabra en castellano, aparte de las que repitió al principio ("¡Razón! ¡Poesía! ¡Razón! ¡Poesía! ¡Razón! ¡Poesía!"), y que todo aquello que algunos le imputaban haber dicho eran puro invento. También dijeron que, cuando los enfermeros llegaron al aula, tuvieron que sujetarlo entre cuatro hombres, y que aún así logró zafarse en dos ocasiones antes de que le inyectaran un tranquilizante.

En la sala especial del sanatorio para enfermos psiquiátricos donde permaneció recluido por espacio de seis meses, varios especialistas que estudiaron su caso notaron que aquel paciente evidenciaba síntomas de lo que algunos antropólogos denominan el "delirio de posesión": según ellos, el enfermo sostenía conversaciones delirantes en el curso de las cuales su voz podía cambiar al punto de que, en ocasiones, era posible escuchar a dos personas distintas que hablaban de manera simultánea. Los mismos enfermeros bromeaban respecto a él diciendo que, más que un psiquiatra: "lo que ese tipo necesita es un papá bocó que lo enderece". Incluso hay registros grabados de aquellas conversaciones que sostuvieron las distintas personalidades que compartieron la mente del Despellejado. Una de ellas decía llamarse "Raesía", y la otra "Poezón".

Finalmente, el Despellejado comenzó a reaccionar lentamente al tratamiento compulsivo al que fue sometido. La primera en notarlo fue una de las enfermeras más jóvenes, quien notó que el paciente había tenido una erección una mañana en que lo sorprendió mirándola fijamente. "¡Pobrecito!", le dijo. "Debes sentirte muy solo aquí". Él sostuvo su mirada durante unos instantes, y luego se echó a llorar. Al día siguiente, el Despellejado le dijo a uno de los doctores que tenía hambre: "Pero no de esa sopa boba que aquí me dan. Quiero una comida de verdad". Y cuando el médico le preguntó a qué llamaba él una comida de verdad, le respondió: "Lo mismo que usted come: arroz, habichuelas y carne". "Vamos a ver cómo arreglamos eso", le dijo el médico. Esa misma tarde, a la hora del almuerzo, el Despellejado recibió su primera "comida de verdad" en cinco meses y medio de reclusión.

Dos semanas después, su restablecimiento se hizo completamente notorio. No recordaba nada de lo que le había ocurrido, como si toda aquella pesadilla le hubiera pasado a otra persona y no a él. Regresó a su casa, donde fueron a visitarlo parientes, compañeros de trabajo y algunos de sus muy escasos amigos. Ninguno de ellos comprendía qué había podido pasarle a una persona tan afable, educada y culta como él.

Y fue tan sólo entonces cuando el Despellejado volvió a brotar de sus propias cicatrices como una pus ajena. Ya no le quedaban zonas vacías en su existencia. El paso de los años las fue secando hasta dejarle el alma convertida en un trozo de bofe secado al sol. ¿Nostalgia de infinito? Ya no recordaba ni siquiera el sentido de la palabra esperanza. Se había enredado tan mal y tantas veces en su propia vida que le harían falta por lo menos otras cuatro para volver a encontrar una postura que le conviniera a su talante. Quizá por eso insistía en dejarse llevar por la corriente y hacer como si todavía fuera él mismo aquel que se sentaba ante su ventana a fumarse el mundo, mientras en la cocina hervía el agua de su cafetera italiana.

Los cambios, cuando no dependen de la voluntad personal, son el fruto de accidentes cósmicos, sí, porque lo más cósmico de la vida es que, pase lo que pase, sólo es vida si te pasa a ti. Todo lo demás son patrañas, es decir, cartas ajenas.

4. La liberación.

EN LA FÁBRICA DE PLÁSTICOS, Valdez y Camarena tardaron un largo rato en ser atendidos por el administrador, un señor bonachón y calvo, de unos cuarenta años, quien los hizo esperar en la antesala de su despacho durante casi dos horas, tiempo durante el cual, los dos poetas entretuvieron admirando con fervor casi religioso las piernas prepotentes y las nalgas monumentales de cuantas secretarias, ayudantes, mensajeras y demás integrantes del personal de soporte pasaran frente a ellos. En efecto, en aquella empresa, casi todo el personal administrativo de sexo femenino parecía haber sido reclutado a partir de un criterio anatómico sumamente estricto. Finalmente, una secretaria se les acercó y les dijo:

—Dice el Lic. González que ya pueden pasar.

Como saliendo de un largo sopor, los dos poetas se levantaron de sus asientos con las piernas entumecidas y caminaron como pudieron por el pasillo que conducía al despacho del administrador.

—¡Saludos, saludos! —les dijo el administrador al verlos llegar—. ¿Qué se les ofrece?

El Dr. Valdez le expuso brevemente su versión de los hechos al señor González, omitiendo algunas partes y haciendo énfasis en su reciente descubrimiento de los efectos que el plástico parecía producir sobre las burbujas. Cuando terminó su relato, el administrador le dijo:

—Bueno, si lo que ustedes dicen es verdad, no quisiera perdérmelo por nada del mundo...

El Lic. González hizo una pausa y luego le dirigió una mirada maliciosa al poeta Valdez antes de agregar:

—Pero si es mentira, me van a tener que pagar los costes de todos los materiales que utilicen en su experimento, sin contar los relativos al uso de nuestras instalaciones.

Valdez dijo a Camarena y sonrió antes de preguntar:

—Y si es verdad, ¿quién paga?

—Nadie. Todo lo que harán será permitirme filmar su experimento de principio a fin. Después veremos lo que se hace con el filme, pero claro, eso será asunto nuestro. ¿Está claro?

Pedro Antonio se quedó pensativo al escuchar aquella respuesta, y luego dijo:

186

—Está claro, licenciado González. Pero tenga en cuenta que lo que usted filmará es tan sólo una parte de esta historia: seguramente usted ya se ha enterado por la prensa de lo que sucedió en el laboratorio donde se descubrió lo que hay dentro de estas burbujas. Le aseguro que ni la dueña de ese laboratorio ni nadie más aparte del poeta Camarena aquí presente y yo sabe nada que se pueda contar acerca de esto...

—No se preocupe por eso... poeta, que diga, Dr. Valdez: a mí lo que me interesa es la película. Bueno, si ustedes acepta mi oferta...

Comprendiendo que no tenían muchas otras opciones, Valdez y Camarena decidieron jugarse el todo por el todo y aceptar las condiciones que les imponía el administrador. Minutos después, los tres penetraron en la planta industrial, donde les habilitaron una zona en la que pudieron instalarse provisionalmente, en lo que el administrador ordenaba que le buscaran su cámara de filmar y el equipo de iluminación. Cuando todo estuvo dispuesto, Pedro Antonio dijo:

—Muy bien: ahora necesito más o menos una docena de envases plásticos de distintos tamaños, mientras más gruesos mejor. Y que conste, que esta no es más que la primera parte...

Mientras esperaba al técnico que había salido buscar lo que había pedido, Pedro Antonio le dijo al administrador:

—Creo que podríamos ganar tiempo y acelerar esta operación. ¿Tienen ustedes una caldera donde se pueda fundir el plástico?

—Amigo mío —respondió el administrador—, quien dice plástico dice casi lo mismo que quien dice resina. Aquí nosotros reciclamos y procesamos el plástico por medio de solventes químicos y sólo en algunos casos empleamos calor. Si lo que ustedes necesitan es plástico fundido, podría ser que apareciera un poco por ahí, pero eso les va a costar. Sin embargo, lo que sí puedo ofrecerles a un precio módico, en el caso de que tengan que pagarlo como le expliqué al principio, es todo el polipropileno líquido o la silicona que quieran…

—No me diga que ustedes fabrican la silicona —preguntó Pedro Antonio pensando en las voluptuosas formas del personal femenino que había visto a su llegada.

—Nosotros no la fabricamos, pero la traemos en grandes contenedores para nuestros productos.

—Y si yo le dijera que necesitamos algo así como una piscina llena de solución plástica hasta el tope, ¿qué me diría?

—Pues le diría que eso precisamente es lo que usted vería si fuera hasta el fondo de la nave, donde se prepara el material reciclado. Así de sencillo.

—Pues entonces no perdamos más tiempo aquí y vamos ahora mismo para allá. Dígale a su empleado que se olvide de los recipientes.

—¿Y qué piensas hacer? —preguntó Camarena.

—Voy a echar las burbujas directamente en la piscina.

—Pero, ¿estás seguro de que eso funcionará?

—Mira, no estoy seguro de nada, ni siquiera de ser yo mismo. Pero dime qué otra cosa podemos hacer.

Camarena guardó silencio y acompañó al administrador y al poeta Valdez hasta donde uno de los operarios los estaba esperando con tres máscaras antigás.

—Tienen que ponerse eso para poder pasar allá. Ah, y traten de no respirar por la boca. Podrían lamentarlo por mucho tiempo…

Mientras se ponía su máscara, Pedro Antonio se percató de que el administrador filmaba aquel proceso, y dijo:

—No sabía que filmarme a mí era parte del trato.

—Pues ahora ya lo sabe. Esto es sólo para que luego no alegue demencia…

—Bueno, no importa: igual esto será breve. Lo único que tengo que hacer es tirar las burbujas en la piscina. Así…

Y Valdez simuló que tiraba las burbujas al aire. En ese mismo momento, cinco personas, cuatro hombres y una mujer, cayeron sobre Camarena, aplastándolo y dejándolo tendido en el suelo: habían quedado liberados del poder de Raesía al final de la batalla entre el Elegido y la Casi Diosa.

—¿Qué pasó? —gritó el administrador—. ¿Quiénes son estas personas?

—¿No se da cuenta? —preguntó el poeta Valdez—. Son los que estaban dentro de las burbujas. ¿Lo filmó todo? Es lo único que filmará. Aquí se acaba nuestro trato.

—¿Qué es esto? ¿Dónde estamos? —preguntaban los recién aparecidos—. ¿Dónde está la fortaleza?

—¿Qué fortaleza? —preguntó Pedro Antonio mientras ayudaba a Camarena a incorporarse.

—La fortaleza militar General Fernando Valerio —respondió el general Angurrio.

—¿Cómo, general? Pero todo el mundo sabe que eso está en la entrada de Santiago… —exclamó el administrador.

—Lo que pasa es que nosotros estábamos interrogando al… ¿dónde están el general Pantaleón y el Secretario? ¿Quiénes son ustedes?

Todos los demás militares comenzaron a mirarse extrañados hasta que uno de ellos sacó su pistola y apuntó a Pedro Antonio a la cabeza.

—¿Nos tienen secuestrados? ¿Ustedes son parte del complot? ¿De qué lado están? ¿De parte de los mineros o de los hoteleros?

Las preguntas se atropellaban en la boca del coronel Romano, quien apuntaba al poeta con su pistola mientras miraba hacia todas partes como quien busca algo impreciso.

—Coronel, aquí nadie ha secuestrado a nadie —dijo el administrador—. Todo lo contrario: estos señores sólo querían liberarlos de las burbujas. ¿Cree que si los tuviéramos secuestrados les habríamos permitido quedarse con sus armas?

Como dándose cuenta de golpe de que hacía el ridículo, el coronel Romano miró fijamente a los ojos del administrador y luego bajó su arma.

—Creo saber dónde están sus amigos, coronel —dijo entonces Camarena—. Si quiere, podemos...

—Mire, no tenemos tiempo que perder. Necesitamos hablar ahora mismo con el Secretario —dijo la generala Máxima Sufragia Busconi.

—Sí, sí, tenemos que hablar con él —dijeron a coro los demás militares.

—Bueno, déjenme ver si eso se puede solucionar...

Pedro Antonio sacó de su bolsillo un teléfono celular en el que marcó el número del laboratorio. Del otro lado, una voz desesperada gritó: "¡Auxilio! ¡Nos quieren matar! ¡Auxilio!"

Media hora después, los siete ocupantes de las burbujas estaban reunidos en el Palacio de la Policía, a donde fueron conducidos por los miembros del escuadrón de SWAT que los apresó inmediatamente después del que descendieron del minibús en el que el administrador de la fábrica de plásticos ordenó que los condujeran al enterarse de la situación por la que atravesaban el personal y los clientes del laboratorio donde, de repente, habían aparecido de la nada y en presencia de medio centenar de testigos, un general de la policía a quien nadie conocía y un señor que alegaba ser secretario de la Presidencia de la República, o algo así. La generala Máxima Sufragia Busconi sufrió una crisis nerviosa cuando finalmente se convenció de que se encontraba junto sus compañeros en el año 1996 y no en 2066. No paraba de gritar: "¿Y mi familia? ¿Y mis hijos? ¡Yo ni siquiera he nacido todavía! ¡Yo ni siquiera he nacido todavía!"

Al cuarto día, el resto de los "espíritus" comenzó a presentar signos de que padecían de una fuerte depresión. Sólo el Secretario se mantuvo todo el tiempo de buen ánimo y se mostró siempre dispuesto a cooperar. De hecho, desde que los servicios de inteligencia de la policía estuvieron en capacidad de asimilar las extrañas circunstancias que habían rodeado la aparición de aquel grupo de personas, hizo prevaler su condición de Secretario de la Presidencia de la República Dominicana de una época futura para pedir una cita con el entonces presidente del país, doctor Leonel Fernández Reyna. Los detalles de lo que ambos conversaron en el curso de esta entrevista nadie los conoce, pero es evidente, por la serie de cosas que sucedieron después, que el Secretario logró cambiar el curso de la historia.

En efecto, la búsqueda del arcón se disimularía durante varios años bajo el manto de una serie interminable de intervenciones directas en la infraestructura de la antigua ciudad de Santo Domingo: por todas partes, excavadoras y bulldozers abrían profundos surcos en la tierra de donde luego brotarían, como extrañas plantas traídas de otro planeta, elevados, túneles, edificios con estacionamientos soterrados, carreteras modernas, puentes, parques, aeropuertos, zonas turísticas, zonas portuarias, zonas francas… por supuesto, nadie sabría nunca el verdadero motivo que empujaba aquella portentosa labor constructora, pues, como siempre, la realidad caminaba por sendas muy distintas y distantes de las de la historia.

Al mismo tiempo en que se desarrollaba aquella búsqueda furtiva del Arca del Poder Terrenal que había sido enterrado, en los primeros años del siglo XVI, en algún lugar de la ciudad de Santo Domingo por orden de Nicolás de Ovando, de manera casi imperceptible al principio, se iba consolidando un nuevo sector de poder en el seno de la sociedad Dominicana. Dicho sector tenía un eje aparente, el cual no era otro que el doctor Leonel Fernández Reyna, y otro eje oculto que nunca daría la cara, pero que iría diseminando sus símbolos por doquier. Símbolos de concreto, íconos delirantes, fibras de absoluto cuajadas en el vacío, potentes y patentes, como reses empotradas en inmensos bloques de cemento y acero que de repente quisieran echarse a andar hacia otros hatos, hacia otros antros.

Fálicas vigas encastradas en el vientre de una tierra atravesada de un confín a otro por el espanto de parir criaturas sin raíces y sin rostros propios, condenadas a buscarse entre canales de ventilación, ascensores y escaleras eléctricas, espejos de un tiempo ajeno que se niegan a reflejar las verdaderas caras de quienes miran sin ver, oyen pero no escuchan y sólo hablan para descubrir el terrible silencio en que se ahogan. Símbolos que sólo son símbolos para quienes saben verlos. Símbolos de absoluto en medio de un desierto: tormenta de totalidad en mitad de la nada. Cosas que son cosas y media: palabras y media, gestos y medio, actos y medio.

Así quedaría la ciudad de Santo Domingo a principios del siglo XXI: secuestrada y encerrada entre el muro de la improvisación y el muro de los lamentos, y nunca más que entonces estaría tan claro el verdadero significado de la leyenda de aquel objeto cuya búsqueda constituye el único indicio de su propia objetividad: un arcón que sólo es arcón para aquellos que lo buscan, y al que únicamente encuentran aquellos que ya lo tienen...

5. El poeta Camarena conoce al Despellejado.

HACÍA MUCHO CALOR EN SANTO DOMINGO aquella tarde de finales del mes de julio de 2008 en que el poeta Camarena caminaba solo y encucarachado en sus propios pensamientos por alguna de las calles que conducen indefectiblemente al malecón. Los años y cierto cúmulo de decepciones cuidadosamente archivadas en su espíritu habían dejado marcas indelebles en su cara: ya no era más aquel que un día sólo tenía que disponer frente a él, sobre una mesa, un cenicero, algunas hojas en blanco y algo con qué escribir para inventar el fuego, el tiempo, el mar, la tierra y el aire: ahora difícilmente podía dar dos pasos en cualquier dirección sin quedar perdido al instante, y de su aventura con las burbujas sólo conservaba el sinsabor de haber sido, en todo aquel mayúsculo lío, alguien que nunca fue capaz de descubrir en qué sentido soplaba el viento.

Al menos había terminado por comprender que si un peligro se cernía sobre su vida era precisamente cualquier cosa que tendiera a sacar a los "espíritus de las burbujas" de la espesa capa de silencio, oscuridad y negación que ahora la cubría. Varios episodios de triste recordación le habían inculcado dolorosamente en su ánimo la convicción de que lo mejor que podía hacer al respecto era obligarse a olvidar todo aquello.

En medio de su distracción, Camarena no se percató de que la acera por la que caminaba estaba medio destruida desde hacía décadas, como de seguro ha de estarlo todavía, ni de que, apenas cinco pasos más adelante, había un hueco que parecía lleno de inmundicias, como esos que el caminante encuentra a su paso por cualquier sector de la ciudad de Santo Domingo. Caer nunca había sido la vocación de Camarena, quien de hecho, en su cabeza tenía más sueños de ascenso y de aceptación que de derrumbe y rechazo.

Sin embargo, ¿quién que es no ha caído alguna vez y de cualquier manera en su vida? Si el mismo Cristo cayó tres veces, según cuentan algunos de sus biógrafos más famosos, ¿por qué no iba a caer Camarena en aquella trampa que se habría de manera subrepticia bajo sus pies? El caso es que cayó, y que bien habría podido quedarse allí, ensartado en algunas de las varillas enmohecidas desde hacía tiempo sin poder contar siquiera con que alguien fuera a rescatarlo sino mucho después de que su muerte estuviera confirmada por la pestilencia que habrían producido sus menguadas carnes en estado de descomposición, si aquel hoyo no hubiese sido, ¿en realidad? uno de los numerosos espejos de otras épocas que abundan diseminados entre las aceras de la ciudad de Santo Domingo. No cayó, pues: fue halado, absorbido por un vórtice de aguas podridas, mientras su pie izquierdo se asomaba sobre aquel vacío por pura inobservancia.

¿Y qué pasó entonces? Pues que no era tal aquella boca del infierno, y que Fello no cayó: falló el tiro y se quedó con una pierna entrampada. Un tercio de su ser le decía que no a la vida normal de los bípedos implumes, mientras los otros dos tercios, asqueados ante el hedor, la humedad y el vomitivo tacto de aquel compost cloacal en que ahora perdía fondo su pie izquierdo luchaban por salir de allí apresuradamente. Así permaneció durante unos cinco minutos que a Camarena le parecieron una eternidad, hasta que, desde la ventana de una casa de las proximidades, una voz estridente le gritó:

—¡Quédese tranquilo, no se mueva, que ya voy en su ayuda!

Con mucho esfuerzo, aquel individuo ayudó a Camarena a desatascar su zapato que había quedado atorado entre dos varillas metálicas que sobresalían en la parte superior de aquel hoyo donde había metido la pierna.

—¡Qué barbaridad! —se dijo Camarena—. ¿Y ahora, que voy a hacer?

—Bueno —dijo el tipo que lo había ayudado—. Creo que lo mejor será que comience por quitarse los zapatos y ese pantalón. ¿Usted vive muy lejos de aquí?

—¡Uuuhh! Lejos es todavía cerca: vivo lejísimos.

—Bueno, entonces, usted tiene un problema, a menos que… —el tipo hizo una pausa.

194

—¿A menos qué?

—A menos que acepte ponerse unos pantalones y un par de zapatos míos. Después de bañarse, claro está.

Camarena se sorprendió tanto al escuchar aquello que comenzó agradecerle con voz trémula aquel favor al desconocido.

—Bueno, en realidad, no tiene que agradecerme nada: se los alquilo en quinientos pesos y le devolveré doscientos cuando me los traiga de vuelta.

Camarena comprendió que, muy probablemente, aquello era un negocio redondo para el desconocido: abría un hoyo en la acera; dejaba pasar el tiempo para que el agua se pudriera, a lo cual, él mismo contribuía lanzándole desperdicios orgánicos, y luego sólo tenía que sentarse a esperar que cayera algún imbécil para alquilarle algunos trapos.

—Bueno, el problema es que sólo tengo encima trescientos pesos —le dijo.

El tipo lo miró con cara de "entonces, jódete", y le dijo:

—Bueno, por esa cantidad, lo único que puedo alquilarte son los pantalones.

—Oye, no necesito dos zapatos. Sólo el izquierdo. Alquílamelo en trescientos y te lo devolveré esta misma tarde, palabra de poeta.

—¿Usted es poeta?

—Bueno, yo digo que soy escritor. Sin embargo, escritores son aquellos a quienes la gente lee... Y como aquí nadie lee, tengo que decir que soy poeta para que me entiendan...

—Eso es otra cosa, ¿verdad?

—Claro que sí: es la misma mierda, pero sin cebolla.

Al oír aquella respuesta, el tipo sonrió e invitó a Camarena a que pasara a su casa.

—Venga: le prestaré lo que necesite, a condición de que me deje una prenda en garantía. Puede ser su cédula de identidad, su licencia de conducir o esos papeles que tiene ahí…

Camarena se quedó mirando al tipo. Por su aspecto, nadie habría dicho que podía ser tan avivado. "La necesidad es la hermana gemela de la miseria", se dijo, y, suspirando de resignación, siguió en silencio al tipo mientras este le decía:

—Tiene que sacarse el zapato y la media antes de entrar…

—Bueno —dijo Camarena, y comenzó a hacer lo que le pedía el otro.

—Mi nombre es Amfilector —le dijo el samaritano—. Bueno, ahora me dicen Amfi… Soy profesor jubilado… Me dedico a leer… Una vez quise ser poeta, pero me volví loco… Eso pasó hace muchos años… Si quiere, le cuento mi historia cuando se haya bañado y vestido… No se preocupe, ya se me pasó la locura… Además, no era del tipo violento…

Como la mayoría de las casas de aquel sector, la de Amfilector tenía el techo mucho más alto que las de las construcciones realizadas en épocas más recientes. Estaba ubicada en el primer piso de un viejo edificio de tres plantas, y tenía una gran puerta de madera y dos ventanas cerradas con sendas rejas de vigorosos barrotes de hierro pintados de color marrón. La fachada parecía bien cuidada, pero desde que el visitante puso un pie adentro, lo atacó un fuerte olor a humedad rancia que primero atribuyó a la alfombra medio gastada que cubría la mayor parte del suelo, pero luego, al continuar caminando, se percató de su error al descubrir los enormes libreros que tapizaban, de pared a pared, los muros de la vivienda. En lo que Camarena supuso que era la sala había una gran mesa de caoba sobre la cual había varias pilas de libros. Una gran lámpara fluorescente gravitaba suspendida de una cadena encima de la mesa que parecía hacer las veces de escritorio ante el cual el propietario de aquella casa se sentaba a leer o a lo que fuera. Por lo demás, aparte de aquella mesa, había muy pocos muebles en la sala: sólo una pequeña maceta donde crecía un helecho y un par de mecedoras de espaldar alto, igualmente de caoba.

Medio confundido, pero ansioso por quitarse de encima el pantalón apestado, Camarena le dijo a su anfitrión que con gusto escucharía su historia después de cambiarse, y luego le preguntó dónde estaba el baño y si tenía una bolsa plástica de esas que regalan en los supermercados, pensando en que podría guardar allí su pantalón y sus zapatos emporcados.

—Encontrará una bolsa y una toalla detrás de la puerta —le dijo Amfi mientras acompañaba a Camarena hasta la puerta del baño—. Otra cosa, como seguramente usted sabe, en esta parte de la ciudad casi nunca recibimos agua. Use la que necesite sacándola del tanque azul que encontrará en la bañera. No destape los otros, porque no contienen agua…

Camarena hizo como le indicó Amfilector y, cinco minutos después, salió del cuarto de baño enfundado en un viejo jeans y con unas zapatillas de tenis marca Converse que tal vez habían sido negras en una vida anterior.

—Venga a tomarse un cafecito conmigo en la sala mientras comienzo a contarle mi historia —le dijo Amfilector.

—Como guste —respondió Camarena, y fue a sentarse a la sala llevando la bolsa con las prendas de vestir que se había quitado.

6. A manera de epílogo.

EL IMPROBABLE LECTOR DE ESTAS PÁGINAS tiene derecho a saber que lo que ha leído desde el principio de este libro no es más que una versión redactada por el poeta Rafael G. Camarena de la historia de Amfilector Pérez, poeta dominicano que realizó estudios universitarios en la UASD, institución en la que luego impartiría docencia durante más de veinte años, hasta que tuvo que pedir su retiro debido a fuertes quebrantos de su salud mental y emocional; el mismo que padeció en incontables ocasiones y con disímiles grados de furor de esa tonta enfermedad a la que llaman amor; aquel que, como resultado de una profunda crisis nerviosa, comenzó a delirar una tarde frente a sus estudiantes gritándoles, según algunos, que tenían que despellejarse para evitar que la República Dominicana fuera de nuevo invadida, como tantas veces en el pasado, ya que unas inexistentes compañías mineras querían apoderarse de toda la riqueza del subsuelo de la isla…

Fue, en efecto, Amfilector Pérez, profesor retirado cuyo verdadero nombre se omite por razones atendibles, quien le dio a Camarena la idea original a partir de la cual comenzaría a escribir una novela en la que contaría tanto la historia de Amfilector como la suya, la de sus furtivas amantes ocasionales y las de aquellas mujeres que le habían desgarrado el alma por debajo de su propia piel. De esta manera, resulta imposible saber a quién atribuirle el origen de la leyenda según la cual, la Secta del Poder Terrenal había enterrado, a principios del siglo XVI, un arcón en el que se habían mantenido ardiendo desde los tiempos bíblicos las mismas cenizas de Sodoma y Gomorra.

Durante muchos años, el manuscrito de esta historia permaneció olvidado entre los papeles del poeta Fello G. Camarena. La interminable serie de precariedades que este último tuvo que enfrentar para ganarse la vida explican de alguna manera el aspecto inconcluso y fragmentado de un texto que, muy probablemente, tampoco escapará a la desidia y la indiferencia colectivas con que sus compatriotas reciben los productos de la imaginación local. Si hoy se publica en su estado original, casi dos décadas después de haber sido escrito, y luego de someterlo a una lenta depuración de la mayoría de las incontables faltas ortográficas y otros problemas que afectaban su legibilidad, es tan sólo a título de muestra de lo que podría yacer profundamente enterrado bajo el espeso manto de apatía en el mismo suelo que escupimos, pisoteamos y maldecimos a diario los habitantes de la República Dominicana.

Contribuyó en gran medida a hacer posible esta publicación el reciente fallecimiento del poeta Rafael G. Camarena, hecho que, lamentablemente, pasó desapercibido a los ojos de una sociedad que vive de espaldas a la obra y la personalidad de sus autores más preclaros. Sabiendo que se aproximaba la hora de su muerte, el poeta delegó en sus hijas la responsabilidad de buscar un editor que aceptara asumir los costes de edición y publicación de las obras que juzgara más representativas de su producción literaria. No hago mención en esta obra de las vicisitudes y tropiezos que tuvieron que enfrentar esas respetables damas de nuestra sociedad antes de contactar los servicios de este humilde editor. Únicamente aprovecho la ocasión para denunciar, por enésima vez, el desastroso estado en que se encuentra la vida institucional de nuestro país, donde nada ni nadie protege a los ciudadanos de ser sorprendidos en su buena fe y de ser estafados por una caterva de semi analfabetos mal avenidos con las técnicas de la edición quienes, no obstante, en su mayoría terminan siendo catapultados a la pública notoriedad por el simple hecho de haber permanecido durante numerosos años esquilmando incautos en un medio donde, penosamente, la Costumbre sigue siendo más poderosa que el Discernimiento en todos los dominios.

EL EDITOR

CONTENIDO

ACERCA DEL AUTOR

Manuel García-Cartagena nació en Santo Domingo, en 1961. Es doctor en Letras Francesas Modernas por la Universidad François Rabelais (UFR) de Tours, Francia, con una tesis titulada *Les Enjeux du Je dans les romans des surréalistes* (*Las apuestas del Yo en las novelas de los surrealistas*).

En esa misma universidad trabajó como Lector de Español y Agregado Temporal a la Enseñanza y la Investigación (A.T.E.R). A su regreso al país ejerció la docencia durante un tiempo en varias universidades dominicanas y en la Alliance française de Santo Domingo, pero desde hace ya más de dos décadas ha laborado como autor y editor libros de texto de Lengua y Literatura para varias empresas transnacionales (Editora Norma, Grupo Santillana, Grupo SM) y nacionales (Fundapec, Casa Duarte).

Su obra literaria abarca todos los géneros.

Ha publicado hasta la fecha nueve novelas: *Aquiles Vargas, fantasma* (Premio Siboney de Literatura de 1986 (1989, S.D.); *Almueje* (2000, S.D.); *Bacá* (2007, S.D.); *Te veré caer* (2009, Houston, Tx.); *El Despellejado* (2013, S.D.); *Una guerra de sueños* (2021, S.D.); *Planes de ataque* (2023, S.D.), *Las señales del verano* (2023, S.D.) y *La Enana* (2024, SD).

Tiene también tres libros de relatos: *Historias que no cuentan* (2003, S.D.), *Ni ser, ni fingir* (2014-2018, S.D.) y *Recontar los daños* (2020, S.D.).

Ha publicado además diez libros de poemas: *Mar abierto* (1981, S.D.); *Poemas malos* (1985, S.D.); *Palabra* (Premio Siboney de Poesía de 1984; (1985, S.D.); *Los habitantes* (1985, S.D.); *Manicomio de papel (edición integral)* (2015, S.D.); *Decir, hacer, poder* (2016, S.D.); *Todo era mentira (y todavía lo es): poesía 1981-2017* (2018, S.D.); *El pubis de Astarté* (2019, SD.), *Sombra tú, tatuada de luz* (2023, S.D.) y *Los cantos de la ceniza* (2024, SD).

También ha publicado siete libros de ensayos críticos: *Situaciones de lo dominicano I. Ensayos sobre cultura, literatura, historia y sociedad dominicana* (S.D., 2017); *Para leer* Nadja *de André Breton* (2018, S.D.); *Letras dominicanas contemporáneas* (2018, S.D. Ediciones Bangó); *Para leer ¿Estáis locos?, de René Crevel* (2019, S.D.); *Situaciones de lo dominicano II: Estudios sobre literatura dominicana* (2019, S.D.), *Situaciones de lo dominicano III. Ensayos sobre literatura, sociedad y cultura de la República Dominicana* (2022, S.D.), *Autopsia de un desencuentro: Surrealismo y crítica de la novela* (2023, S.D.) y *Manual para reventar silencios* (2026).

En 1984, la Fundación Cultural Dominicana publicó su traducción al español de la versión en lengua inglesa del poema de Yevguéni Evtuschenko titulado *Fukú*. Otros trabajos suyos como traductor han sido publicados por el Archivo General de la Nación.

En 2018, la Editorial Amargord publicó una antología de la poesía dominicana titulada *Indómita y brava, poesía dominicana 1960-2010* (2018, Madrid).

En 2011, el Teatro Guloya puso en escena su pieza titulada *Siete días antes del tsunami*.

Dirige la revista digital de arte y literatura *¿Cómo así?* (revistacomoasi.blogspot.com).

En 2023 fue incorporado como miembro de número a la Comisión de Lingüística y Literatura de la Academia de Ciencias de la República Dominicana.

Todos sus libros cuentan con reediciones recientes realizadas por G.C. Manuel, Editor y están disponibles en su página de autor (http://amazon.com/author/manuelgarciacartagena).

El Despellejado se terminó de editar en Santo Domingo,
República Dominicana, a mediados del mes de junio de 2026,
bajo los cuidados de GCManuel, Editor.

www.ingramcontent.com/pod-product-compliance
Lightning Source LLC
Chambersburg PA
CBHW031103020726
47495CB00007B/2019